屬於你的
青春信箋

蒔——著

目次

第一章

一早，鬧鐘聲在我耳旁響起。我伸手按掉，然後用被子蓋住頭。想繼續賴床。

今天是高中開學第一天，生理時鐘還沒調回來，暑假期間，都是半夜才睡，兩個月下來，已成一個規律。

昨晚原本要預計晚上十點睡的，結果卻發現根本睡不著！

門一打開，有人拍了我的屁股，「紀孟羽，起床啦！」而我不理會。

下一秒，那個人突然掀開我的被子，然後開始騷我癢。

癢是我的弱點，我全身上下都會怕癢，這招果然有用，我馬上跳了起來。

看著眼前的姐姐笑的人仰馬翻，我忍不住抱怨：「姐！妳真的很壞欸！」

「我知道妳一定會賴床，所以我就特別準備這招。」姐姐摸了摸我因為睡覺而亂掉的頭髮，「下來吃早餐啦。」

姐姐走出去之後，又探頭進來：「五分鐘，我如果沒有看到妳，我會再用剛剛的方式對付妳。」

我發愣了三十秒，之後心不甘情不願的爬了起來，準備洗漱。

換好制服，整理好頭髮之後，我走下樓，發現全家都在吃早餐。

「爸媽、哥，我起床了。」我對在場的大家打招呼，媽媽看到我，皺眉唸：「妳看妳，開學前一天不早睡，還要孟慈去叫妳。」

「媽！我昨天晚上十點就睡了，只是翻來覆去，睡不著啊。」我說。

我原本要在哥哥的旁邊坐下，哥哥卻說：「這是孟慈的位子，不是妳的。」

哥哥這句話，使氣氛僵了一下，但我還是微笑的說：「好，那我坐姐姐旁邊。」

他沒有說話，繼續吃著早餐。

「孟哲，怎麼可以這樣對你妹妹說話。」媽媽皺眉的說。

「沒關係啦，哥哥就想跟姐姐坐嘛。」我趕緊緩頰。

我有一個哥哥跟一個姐姐，我是家裡最小的。而我哥哥跟姐姐是龍鳳胎，只是，我們之間有點戲劇化。

媽媽當初跟她的前男友交往時懷了孕，肚子裡的孩子就是我哥哥跟姐姐，但是後來，媽媽的前男友突然消失，只留下一筆錢，換句話說，我媽媽被拋棄了。

之後我媽媽很偉大，她把兩個孩子生了下來，努力工作，直到四年後遇到爸爸，我爸爸不介意我媽有兩個孩子，於是，最後他們結婚，生下了我。

而哥哥跟姐姐，原名冠我媽的姓姓王，之後嫁給我爸之後都改姓為紀。

姐姐跟我就是好姊妹一樣的感情；只是哥哥他從來沒有正眼看過我，我每次想跟他聊天，都吃閉門羹，從小就這樣。以前會很難過也很納悶，我是哪裡惹哥哥不高興了，但隨著時間過去，知道了自己的家庭狀況之後，我就逐漸的不再在乎，放由哥哥跟我的關係如此的冰冷。

不過幸好，我跟姐姐的感情非常的好，也彌補了一小部分我心中的小遺憾。

雖然這份小遺憾隨著時間已經淡了過去。

「我出門啦！」吃完早餐，我便背著背包，騎著腳踏車去學校。

「路上小心！看第一天能不能跟帥哥有邂逅。」姐姐說了不正經的話。

我翻了翻白眼：「姐，想太多了。又不是偶像劇。」

哥哥跟姐姐大了我四歲，他們今年讀大學二年級，他們今天都沒課，真好。

我還要上到下午五點，一開學就覺得好累。

跟家人說再見之後，我便當起了單車族，騎著單車往學校騎去。

這所高中離我家比較近，我的成績雖然可以去到更好的學校，但是我不想一早就要趕公車，所以我最後就選擇路程只有十分鐘的學校。

這所高中，我是以第二名的成績入學的。

然而這所高中還有一個特別之處，就是噴水池，如果ＬＥＤ燈一打開，整座噴水池就會變得很夢幻。

我是在網路上看到的，也真的滿美的，因此也成功吸引了一些學生。

一到校門口，單車的車棚就在校門口右手邊騎進去，而我發現一件事情，這所學校騎單車來學校的學生好多啊！車棚幾乎快沒有停車位了。

我急了起來，要是找不到車位，就會來不及看編班名單，我可不想在上學第一天遲到啊！

繞了好幾圈，我終於發現了一個車位。

但是，正當我要停下去的時候……

一個男生騎著單車衝了過來，似乎也要搶車位，但是他及時看到我，於是他趕緊踩了煞車。

由於煞車聲太過刺耳造成我輕微的耳鳴，使我忍不住摀住耳朵，之後耳朵耳鳴的狀況好了一些之後，我對那個男生抱怨：「喂！你真的是冒失鬼，會不會騎腳踏車啊？」

那個男生跟我一樣都是新生，因為新生還沒有繡學號。他聞言之後先是愣了一下，之後竟然直接下車走來我面前要跟我理論。

「妳以為我是因為誰才緊急煞車的啊？那個位子原本是我要停的欸！結果妳突然出來！我不煞車是要撞上妳嗎？」他皺眉的說，語氣很不客氣。

「請問一下，這個位子有寫你的名字嗎？」我問，看到那男生頓時說不出來話來的樣子，我得意的笑：「既然沒有，那就代表任何人都可以停，誰先停，誰就贏。」

「妳！」他想反駁又無得反駁的樣子使我更想笑。

周圍騎腳踏車的學生越來越多，這個男生要是繼續在這裡，他說不定真的就沒有位子停了，於是我決定當個好人，好心的說：「好心提醒你，你再繼續跟我爭辯，你的腳踏車可能就要停路邊了喔。」

那個男生聞言看過去，車位真的越來越少，他慌張的挎上腳踏車，之後瞪著我說：「最好不要讓我遇到妳！」

說完，他便趕快騎走。這個位子也就這樣順利的被我停了。
看著他的背影，遇到？不太可能了吧，這所學校學生那麼多。
開學第一天，就這樣跟一個男生槓上了。
車子停好之後，我便走到穿堂想看編班名單。
「欸，有一個男生好帥啊。」
「妳說那個混血兒對吧？他是以第一名成績進來的喔。」
有兩個女生就這樣從我旁邊經過，而我沒錯過她們剛剛的對話內容。
第一名成績進來的學生。
雖然沒有要跟誰競爭的意思，但我還是想看看一下他到底是何方神聖。
既然是混血兒的外表，那應該很好認吧？
走到穿堂，一堆學生擠在那裡，看了就不想過去。
學校不知道為什麼就是沒有把編班名單放到網路上，真奇怪。
在我四周觀望時，我看到了一個混血兒外表的男生，在左邊的公告欄前，似乎看著編班名單。
我就站在那男生的後面，沒多久，我在一班的名單上，看到了我的名字。
那個男生視線一直停在一班的名單上，他是否也是一班的學生呢？
他有著混血兒的外表，那他應該就是第一名進來的學生吧？
基於好奇，我便上前跟他搭話。

「請問一下，你也是一班的學生嗎？」我問。

那個男生先是愣了一下，發現我是在問他的時候，他禮貌性的回答：「對，」他又問：「但妳怎麼知道？」

「我也是一班的。因為我剛剛看到你一直在看一班的名單，所以我在猜測。」我笑著解釋：「原來我們真的是同班同學啊。」真的好巧。

這個男生雖然長得很好看，很有混血兒的高顏值，只是覺得他的氣質有點高冷。

「請問我臉上有什麼嗎？」他別開視線問道，似乎感到微微的不自在。

「啊……抱歉。」我趕緊道歉，畢竟一直盯著人家看，怎麼可能不尷尬，我說：「我是覺得你長得滿好看的，你是混血兒對吧？」

他聞言頓了一下，之後說：「對。」

「我叫紀孟羽，你呢？」因為都已經是同學了，知道對方名字也不為過吧？

「言春旭。」好溫暖的名字。只是，他怎麼一直都站在這裡？

「你在等人嗎？」我又問。

「嗯。」

我原本要開口，結果這時傳來了一個耳熟的男聲。

「春旭！我來了！腳踏車的停車棚超多人的啦！差點沒位子停。」他如此說道。

我聞言轉過頭去，看到來者，愣了一下。

而那個男生看到我也是一樣的反應，他則是直接說：「又是妳！」

而一旁的言春旭則是有點搞不懂狀況。「請問你們？」

「這其實一言難盡，目前最重要的是要確定我在幾班。」

「賀意，你跟我一樣，都在一班。」言春旭說。

「等一下，你說他……」我指著這個名叫賀意的男生，訝異說：「他也在一班？」

「幹嘛？難不成妳也……」賀意的表情大概跟我一模一樣。

老天，是有沒有真的那麼巧啊？

我跟賀意就這樣訝異的互望，直到預備鐘響起。

「走吧。」言春旭拉著賀意要離開。等等，他們感覺感情很好欸，這兩個完全不同類型的男生居然可以處的那麼好？

「我帶路吧，暑假時有來這所學校逛一圈，我大概知道教室位子在哪。」賀意說。

「大概？」我抓了他的語病。

「妳要嘛就跟我們走，要嘛妳就自己在平面圖研究教室位子。」賀意皮笑肉不笑的對我說。

嘖，這個男生真的是……

但我也看不懂平面圖，還是實際走一次比較快。

於是，我就跟在他們後面走。然後，我後悔了。

賀意這個人，簡直比我還路痴！

「賀意，你確定是這裡？」言春旭不解的問：「這裡是高三的樓層欸。」
這所學校很大，這樣逛了兩層樓我腳微微的發酸了。
「咦？是嗎？我印象中我來的確實是這個方向啊。」賀意無辜的說。
而我跟言春旭頓時三條線。
這時有一個學姐走了過去，我上前去問：「請問，一年一班的教室在哪？」
那個學姐看到我們先是愣了一下，說：「你們是新生？」
我們三個點頭之後，那個學姐訝異的說：「一年級的教室在對面棟啊，你們怎麼走來這？」
我無奈的看向賀意，而賀意則是滿臉三條線。
最後言春旭上前去聽那個學姐的指路方向，之後就由他來帶我們，沒多久，我們終於到了教室。
裡面的教室幾乎都坐滿了人，教室裡鴉雀無聲，也是，畢竟大家都是新同學，自然就會很安靜。
前面坐著三個學長姐，他們是帶新生熟悉環境的學長姐。
「你們三個是一班的學生？」一個學長看到我們，這樣問。
我們三個點頭。
「知道嗎？全班都在等你們三位。」學長說。
班上的同學都往我們這個方向看，很好，開學第一天，我們三個也許都被記住了。
「對不起，我們迷路了。」賀意說。
學長聞言看似有點無奈，之後說：「進來吧。」

我們三個就默默的走進教室，然後角落也剛好剩三個位子。
言春旭跟賀意坐在一起，而賀意前面就只剩一個空位。
早上跟他搶了車棚，之後還要坐在他前面……
這是什麼緣分？
雖然是這樣想，但其實我覺得沒差，於是就這樣在他前面的位子坐了下來。
今天除了禮堂參加新生訓練，還有上了高中的課程，整天下來，我已經累攤了。
也就這樣過了一天，熬到了放學。
開學第一天，就那麼累了，之後要慢慢訓練自己早點睡了，我心想。
騎著腳踏車離開校園時，我還看到了言春旭坐上轎車，那台轎車看似是名車，言春旭該不會是公子哥吧？
「幹嘛，綠燈了欸。」賀意這時出現在我旁邊，他同樣也騎著單車。
「喔……」
賀意看向我剛看過去的方向，他似乎看到了言春旭的車子。
「有錢人家的生活，並沒有想像中的那麼好呢。」賀意突然感慨的說。
「什麼意思？」
「就那個意思。」
「你該不會是在羨慕你的好朋友是有錢人吧？」

賀意滿臉疑惑：「好朋友？」
「不然呢？」
「他是我表弟。」
「真的？」
「我沒必要騙妳啊。」賀意一臉被我打敗的樣子。
好，我原本還很疑惑這兩個個性不同的男生居然可以處的那麼好，這兩個人可以說是相反的存在。
原來，他們是表兄弟。
「好啦，先這樣，我要回去了。」賀意說完先是往前騎了一步，之後回頭對我說：「妳路上小心。」
不等我回應，他便直接騎走了。
賀意，其實也蠻有禮貌的嘛。
回到家之後，媽媽在廚房對我說：「回來啦，先去洗澡，等一下飯就煮好了。」
我點頭，之後看著客廳空蕩蕩的，於是我問：「其他人呢？」
「爸爸還在公司加班，孟哲跟孟慈去買飲料。」媽媽回答。
我點頭表示理解。
「孟羽。」媽媽突然叫了我。
「怎麼了？」我回頭好奇的看著媽媽。

媽媽脫下圍裙，摸了我的頭，說：「哥哥對妳的態度，妳別想太多。那孩子……其實是在怨我，但因為我是他媽媽，所以他選擇把這個怨氣算在妳身上，這點，媽媽一直都對妳很抱歉，妳沒有錯。我也跟他說了很多次……」說完，媽媽還嘆了一口氣，似乎拿哥哥無法。

「我聽姐姐說過，媽媽當初嫁給爸爸之前，你們三個是一起苦過來的。」我說：「哥哥會這樣對我，可能是嫉妒我有爸爸吧……因為姐姐說過，以前她跟哥哥很常因為沒有爸爸都會被同儕取笑。」當初聽到姐姐這樣說我其實滿生氣的，雖然也許當時的小孩是無心的，但也就算是無心的話，也會傷到別人啊，沒有爸爸又不是他們願意的！

媽媽聞言只有苦笑，「是啊，我不是個好媽媽，我的確虧欠那兩個孩子很多。」

「沒有沒有！媽媽是全天下最好的媽媽。」我抱住媽媽，希望她不要這樣想，「而且，爸爸對哥哥還有姐姐也視同自己的親生孩子啊對吧？」我又說。

「妳跟孟慈能明白就好。」媽媽笑著說，「好吧，先去洗澡吧。」

我微笑點頭，之後就回房間拿起換洗衣物去浴室準備洗澡。

在餐桌上，由於爸爸還在加班，所以就只有我們四個人在吃飯。

哥哥會開口說話，但只要他開口我通常都是在旁邊當聽眾。

以前有一次我就回應了他的話，結果被無視。事後哥哥被媽媽罵，姐姐還跑來我房間跟我聊天，想彌補哥哥冷淡的態度。

「明天你們幾點的課？」媽媽問哥哥還有姐姐。

「我十點，孟慈早八。」哥哥說。
「大學是怎樣的生活啊？」我不免好奇的問，雖然我才剛要開始高中生活，但對於哥哥姐姐的彈性大學生活還是有一些些的期待。
「大學很自由喔，可以自己選課，不用每天早上六點起來，可以穿自己喜歡的衣服去學校，也可以把自己打扮的漂漂亮亮！」姐姐興奮的說。她也的確每天都把自己打扮的很漂亮，雖然我覺得她不用打扮就很漂亮了。
哥哥當然是不會回答我的問題，如果他會回答，答案也大概跟姐姐差不多吧。
只是哥哥跟姐姐不一樣，姐姐似乎是真的在享受大學的自由生活，哥哥則是每天都在房間讀書。
吃完飯後我回到房間，姐姐馬上就跟了進來。
姐姐晚上都會來我這裡玩手機，看漫畫之類的，而我也習慣了，有時候我也會跑去她那裡。
「欸孟羽。」
「嗯？」
「開學第一天，有沒有發生好玩的事情啊？」
「才開學第一天，是有什麼好玩的事情。」我失笑。
「有沒有帥哥同學啊？或者是，跟帥哥有接觸之類的。」姐姐笑著問。
「才沒有。」說是這樣說，但我腦海閃過早上跟賀意搶車位的畫面。
「妳剛剛頓了一下欸！說！是不是有跟帥哥有邂逅？」姐姐眼睛立刻亮了起來。

「才不是邂逅勒！」我咕噥著：「那算是孽緣吧？」
「孽緣？」
「沒事。」
「喔紀孟羽，我可愛的妹妹！告訴我好不好啦。」姐姐開始對我展開撒嬌模式，但這招通常對我而言不管用，所以之後姐姐就開始要對我上下其手，而我開始在房間跟她玩起妳追我跑，不知不覺就玩開了。
「喂。」哥哥打開了我的房門，看到我跟姐姐在房間玩，他皺眉：「妳們兩個，要玩要吵去外面好嗎？我還有報告也寫，可不可以不要那麼大聲？我都被妳們干擾了。」
「好啦，對不起。」姐姐吐舌對他道歉，而我也說句對不起之後，哥哥看了姐姐，再看看我，最後就把門關上了。
哥哥離開之後，我們兩個瞬間安靜了下來，之後我們互看一眼，忍不住笑了。

一日早自習時我戴著耳機在看小說，後面的賀意突然點了點我的肩膀。
我拔下耳機，轉頭看著他。
「妳的橡皮擦掉在地上了。」他指了指我旁邊的地板。

我聞言看向我右邊的地板，果然看到我的橡皮擦躺在地上。
我彎腰撿了起來，賀意懶懶的說：「妳心情不好？」
聞言我疑惑了一下，之後說：「沒有啊。」
而賀意旁邊的言春旭微微嘆了一口氣，我發現了。
賀意也發現了，他問：「今天要家庭聚餐？」
「嗯。」
「辛苦了。」賀意這句話沒有諷刺的意味，而是來自內心的安慰。
只是如果是家庭聚餐，賀意應該也會去吧？
「下課時大姐要帶我去挑衣服。」言春旭說。
「今天是你爸生日對吧？」賀意說。
「對。」
「記得幫我跟你爸說生日快樂。」
「我知道。」
我在一旁聽著他們的對話。
是我的錯覺嗎？平常無話不聊的他們，講到言春旭的家庭，他們卻語帶保留，對於對方。
我好奇，賀意難道不用去嗎？
不過，每個人的家庭狀況不相同，像我家就是如此。

所以儘管好奇，我也不會去問。

爸爸跟媽媽去參加朋友的婚禮，姐知道之後馬上就跟朋友約去唱歌了，而哥哥選擇留在圖書館讀書。因此晚餐要自己打理。

我騎著腳踏車到附近的超商吃個飯糰，然後不想要現在回家，於是索性在街上騎著腳踏車四處逛逛。夜晚的風刮過我的臉龐，使我的皮膚感受到微微刺骨的寒意。

經過一個籃球場時，我瞥了一眼裡面，雖然只有一眼，但在裡面打籃球的那個人，使我停了下來。

廣大的籃球場只有他一個拿著籃球奔馳的身影。

是有沒有那麼巧？竟然也可以在學校以外的地方看到賀意。

我把腳踏車停在旁邊，我們之間隔了一個鐵網，我朝裡面那個人喊：「喂！」

身穿球衣，滿頭大汗的賀意看向我，明顯一愣。

就這樣，我跟他坐在籃球場旁，看著他喝運動飲料。

「這麼晚還出來打籃球？」我開口。

「對啊。」

「妳晚上跑出來，不怕家人擔心啊？」賀意又問。

「家裡沒人在，我不想一個人在家。」

「也是，妳就一臉小公主樣。」他笑著說。

「什麼小公主？」我一頭霧水。

「妳看起來就是在家裡被受寵愛的公主啊。」

賀意確實有個部分說對了，我家人確實都比較疼我，除了我哥哥。

「家裡只要有一個人一直冷漠你，這些寵愛對你而言，無法填補心中那微微的痛。」我講出了自以為文青的話，我不奢望賀意能聽懂。

賀意聞言，先是沉默了幾秒，之後呵了一聲。

「紀孟羽，難得文青欸。」他笑著說。

而我正要開口，賀意又說：「但是，我懂。」

我還來不及反應，他卻站起身來，繼續打球。

看他沒有打算想理我的意思，我在這裡站也不是，突然離開也不是。

這時又有個腳步聲傳來，我回眸一看，發現是穿著襯衫的言春旭。

他有個混血兒的高顏值，套上這件襯衫，根本看起來就像是活生生的王子。

「你來啦。」賀意把球丟給了言春旭，而言春旭也順手接住。

「是啊。聚餐的時候就接到了你的訊息，」他邊說邊解開了領帶，像是在擺脫困著他的束縛，繼續說：「只是我沒想到紀孟羽也在這。」

「剛剛遇到的。」賀意聳肩著說。

我在原地看著賀意跟言春旭，夜風吹過，我發現了一件事情。

他們兩個，承載著「家世」的負擔。

待他們滿頭大汗的走來，我遞上了兩瓶運動飲料。

「請你們。」我笑著說：「不用說謝謝。」

「這樣好嗎？」

「妳有那麼好心？」

不用想也知道後面第二句是賀意那個冒失鬼說的。

「要我現在下藥也可以，給你喝最特別的運動飲料。」我微笑的說。

言春旭微笑接過，之後說：「我會還妳錢的。」

「不用了。」我擺手。

之後賀意還站在原地，狐疑的看著我。

「你到底要不要？手會痠欸。」我催促著。

賀意之後還是接了過去，跟言春旭一樣坐在地上喝了起來。

「你今天去跟恩旭哥還好吧？」賀意說：「他不是要出國了嗎？」

「就那樣。」言春旭說：「沒有什麼話可以說，我們依舊還是一樣，跟對方完全沒對到眼。」

賀意沒有搭話，僅拍著言春旭的肩膀。

在後面的我，無意間聽到了言春旭跟賀意討論的「恩旭哥」。

那個人，應該是言春旭的哥哥吧？

言春旭也跟他的哥哥不親嗎？

賀意這時轉過頭看到了我，訝異的對言春旭說：「我忘了她還在這。」

言春旭頓了一下，也回頭看我。

我見狀就從後面走到他們面前席地而坐，說：「放心，我絕對不會把我聽到的說出去。」

言春旭看了我，之後笑著說：「我知道。」

「小公主，既然妳聽到了我們的對話，妳是否要跟我解釋一下妳剛剛說的那段文青話？」賀意挑眉：「我剛剛在思考，實在還是聽不懂妳的意思，應該說，是不確定我的想法是正確的。」

「我什麼時候多了小公主這個綽號了？」我翻了白眼：「還有哪裡文青了？」

『家裡只要有一個人一直冷漠你，這些寵愛對你而言，無法填補心中那微微的痛。』

賀意指的意思，大概是我稍早對他說的話吧。

我微笑聳肩，「就字面上的意思。」

賀意看了我，居然沒有繼續追問。

但我知道，言春旭某些方面，跟我是一樣的。

隔天一早到學校，我走進教室，發現平常比我早來的賀意居然位子是空的，言春旭倒是已經坐在位子上了。

「早安。」我對他說。
「早。」
「冒失鬼呢?」我問。
「誰?」果然是言春旭,回話短而精簡。
「賀意。」
言春旭聳肩,「睡過頭了吧。」
言春旭說完便直接低頭繼續看書,我見狀也只是坐在位子上。
賀意這個人,遲到了。
因為到早自休,他都沒有出現。
『紀孟羽,難得文青欸。』
『但是,我懂。』
過了一晚,我發覺我越來越在意賀意昨天突然對我說的這幾句話。
第一節是音樂課,下課之後我便離開了教室,當我經過學校著名景點噴水池時,後方的圍牆似乎引起了一些騷動。
我瞇著眼,基於好奇心前去查看,我不相信學校會有什麼鬧鬼事件,何況現在是白天呢。
走近一看,我還真的差點要尖叫了。
「噓!」賀意趕緊比噤聲的手勢。

「你怎麼出現在這裡？」我小聲的問。
「睡過頭啦。」賀意略帶焦躁的說：「對了，下課了吧？」
「下課了。」
「幸好我逃過了音樂課。」賀意說：「我真的超討厭上音樂課的。」
「不過今天有小考喔，老師說你今天沒來要找時間去補考。」我挑眉說。翹課也要翹對時機，賀意剛好就非常的不走運。
賀意的臉色瞬間一僵。使我忍不住笑了出來。
「有什麼好笑的，嘖。」賀意說完便轉身離開。
「欸，你為什麼那麼討厭上音樂課啊？」我在他後頭好奇的問。
「我覺得老師有點囉嗦。」他懶懶的回應。
我聞言會心一笑，但心裡卻一直思考要怎麼開口問他，昨天對我說的話。
「春旭！早安，謝謝你的連環call啊。」賀意一進教室就搭著言春旭的肩膀，而我只是坐回位子上。
「你半路遇到紀孟羽是嗎？不然你們怎麼一起進來？」言春旭好奇的問。
怪了，我怎麼覺得言春旭也太在意賀意的一舉一動了吧？
我微微偏頭，聽到賀意也很坦然的說：「是啊，翻牆進來遇到她的，對了，音樂課有小考？」
「是啊。」言春旭說：「要補考喔，不然成績會很低，她考課本上一些作曲家的曲子跟年代，我知道你課本沒有寫重點，我的借你吧。」

說來好笑，他們雖然是表兄弟，但互動卻好像老夫老妻。

不過他們的兄弟情，不得不說讓我覺得很羨慕。

畢竟很少看到同年紀的手足感情那麼好的，像我家哥哥姐姐互動也沒有像他們如此的親密。

好吧，好像也不能這樣比較。

隔天我來到學校，經過噴水池時，看到言春旭坐在階梯上，看著天空。基於好奇，我走到他旁邊。

走近之後言春旭抬頭看了我一眼，明顯一愣。

「你怎麼坐在這？」我問。

「沒什麼。」

「要打鐘了喔，」我說：「還要打掃呢。」

「我知道。」

見言春旭此刻如此沉默，我最後選擇不打擾他，於是自己先回教室了。

在班上遇到賀意時，我叫住了他。

他狐疑的看著我，我說：「言春旭還沒進來欸，你要不要去叫他一下？」

「他書包在教室呀，沒事的，」賀意手扠口袋，說：「妳讓他靜一下吧，他哥哥今天出國了。」

賀意說完便直接晾過我走人，我回頭看了他，他跟言春旭，雖然感情很好，但是為什麼，我一直覺得他們兩個人背負的事情，其實都跟對方有關係呢？

雖然，第一節上課言春旭準時回到了教室。而且還是跟著賀意進來的。

看到言春旭因為哥哥出國如此的失落，他應該跟他哥哥感情很好吧？

放學回到家之後我直接癱在床上，打開學校選社系統，看著眼花撩亂的社團，我還真的不知道可以選什麼。

因為國中不強制參加社團，所以我都不參加，但高中可不一樣了。球類就算了，畫畫的話，我還算還可以，但也沒有說到很會畫呢。

「孟羽。」媽媽這時敲了敲門。

「怎麼了？」我坐起身。

「下禮拜六媽媽要去一間育幼院參加慈善活動，妳要不要跟我一起去？」

「好啊，反正我也沒什麼事情。」

媽媽離開之後，我也聽到哥哥回來的聲音。

「回來啦，去洗個澡，晚點要吃飯了。」我聽到媽媽這樣對他說。

「孟羽，妳可以到牛肉店附近那家蛋糕店買幾塊蛋糕回來嗎？」吃完晚餐我坐在客廳看電視的時候，姐姐突然搭著我的肩膀用拜託的語氣問我。

「才剛吃飽，妳又要吃啦？」我好奇的問。

「不是啦，那是新開的，我同學說那間蛋糕店東西都很好吃，只是我報告纏身，走不開，所以要拜託妳了，而且折價也只到今天。」姐姐雙手合十，說：「拜託妳啦。」

「好啦，知道了。」因為對象是姐姐，我實在沒什麼理由拒絕她。

接過姐姐手中的折價券，那家店我知道，每次去都很多人在排隊，確實有一部分的原因是新開的。

我一邊思考要參加什麼社團一邊走路，也很快就到了。

幸好現在沒有什麼人，於是我就走了進去。

但是我一走進，差點馬上退出去。

為什麼走到哪都可以遇到賀意啊！

不過他沒有發現我，他背對著我，看著櫥櫃裡的蛋糕。

之後我看到他拿起了一塊提拉米蘇跟一塊黑森林蛋糕。

他那麼的瘦，居然吃那麼甜的東西。

他向櫃檯小姐說他要什麼蛋糕之後，他就走到旁邊的結帳區了。

「小姐，請問需要什麼？」小姐微笑問我。而賀意立刻回頭看我，他的表情明顯愣了一下。

「我要草莓波士頓，六寸的。」我說完，便也拿折價券給小姐。

「好，在旁邊等候。」

我便照著小姐的指示站在旁邊，賀意問我：「小公主，妳也來買蛋糕啊。」

我聞言差點踩他一腳，我瞪著他說：「不要幫我亂取綽號，冒失鬼。」

賀意原本要反駁我，但此刻他跟我的餐點都好了，於是我們就一起拿，也一起離開店裡。

「你買兩個小蛋糕是要自己吃的嗎？」我問。

「黑森林是要給春旭的。」賀意說。

「他心情有沒有好一點呢？」我問。

「應該沒那麼快恢復吧。」賀意欲言又止：「春旭很多話想說，但最後依舊沒有對他哥說出口。」

「他跟他哥，感情其實沒有說到很親。」賀意又說，他微微勾起唇角：「但那也是他們家的事情，我不能管，也不給管。」

我聽的出這句話充滿了無奈。

「言春旭家就是有錢人，也許這就是他的苦衷吧。」我也不打算問太多有關言春旭的事情，這樣感覺很八卦，不如他們自己願意講。

「是啊。他喜歡吃巧克力，看吃這個能不能讓他稍微打起精神。」賀意笑著說。

「真的看不出來他喜歡吃巧克力。」我笑了出來。

走到我家附近，我發現他還跟著。

「你家也是在這個方向？」我問。

「是啊，只是我比較遠，我還要再走五分鐘。」賀意點頭。

這時我看到哥哥跟他朋友在門口，他朋友拿了一疊講義給他，而哥哥轉身時看到我們，沒有說什麼，只是看一眼就走進了家門，門也碰一聲關上了。

「這是妳家？剛剛那個人是？」賀意看到我哥哥這樣的舉動，愣了一下。
「是啊，他是我哥。」我故作輕鬆的回答完他兩個問題，說：「我先進去了，你回去路上小心。」
說完，我對他微笑揮手，之後走進了家門。
看到哥哥走上了樓梯，我微微吐了一口氣。
反正，已經習慣了。
之後的我把波士頓拿去冰箱冰，我聽到了一陣跑步聲。
回頭一望，正是姐姐興奮的從樓上跑下來。
「買了嗎？」姐姐開心的問。
看到她的臉，我瞬間有被療癒的感覺，我笑著說：「買啦，幸好還有呢。」
「我們先切兩塊來吃吧。」姐姐笑著說。
「現在？」
「對呀現在。」
姐姐喜孜孜的把蛋糕拿了出來，之後用刀子切了兩塊放在盤子上，我們姊妹倆就在客廳吃了起來。
「好好吃喔！」姐姐一臉幸福的說。
「有那麼誇張嗎？」我說歸說，但也笑了出來。
看到姐姐對我這麼的好，也許，她是在連帶哥哥的份，在疼愛我吧？

星期六，我跟著媽媽去育幼院參加慈善活動。

因為媽媽有在當志工，所以有時候都會去參加慈善活動，而我有空也會陪她去。

這次去的育幼院我上次也去過，那裡環境很清幽，品質也不錯，可以看出院長經營的用心。

下車之後，我跟媽媽就在裡面入座。

「歡迎。」然而要去簽到的時候，我又看到賀意了。

「你怎麼會在這？」我們異口同聲的說。

「嗯？阿意，你們認識嗎？」一個中年女子如此問道。

「嗯，我們是同學。」賀意簡短的說。

「原來，我們阿意承蒙妳的照顧了。」那位中年女子微笑的對我說。

「不、不會。」我搖手。同時也搞不清楚眼前是怎麼回事。

「孟羽！」媽媽在不遠處叫了我。

「我媽在叫我了。再見。」我對他們說完就趕快跑到媽媽身邊。

好奇怪的巧合！怎麼走到哪都會遇到賀意？

「妳跟那個男生認識呀？」媽媽問我。

「我們是同學。」我回答。

「之前媽媽來過幾次，都會遇到他呢。」媽媽笑著說：「會來幫忙的年輕人不多了。」

媽媽這番話更讓我訝異了，那照理來說，賀意來這家育幼院還滿頻繁的。

活動進行的時候，我聽媽媽介紹才得知，剛剛在簽到時站在賀意旁邊，稱他為「阿意」的中年女子，是這家育幼院的院長。

賀意跟院長感情好像也好呢，而且看到賀意跟院長的互動，看起來就真的很像母子。

活動結束是晚上七點，我跟媽媽要走出育幼院時，賀意傳了訊息給我。「妳晚點有空嗎？」

我先選擇已讀，不過我倒是跟媽媽說：「媽，晚一點我要出門一下。」

「要去哪裡？」媽媽問。

「找個朋友，我很快就回來了。」

「別太晚回來喔。」媽媽不疑有他。

經過媽媽的同意之後，我回傳了訊息：「約在哪？」

「學校附近的河濱公園。」賀意也很快就回覆了。

我依約來到了河濱公園，我看到賀意雙手撐著欄杆，看著河流倒映上的燈火。

在河邊，夜晚的風吹起了我的長髮。

「怎麼這時候找我？」我開口。

「妳是不是很好奇，為什麼我會在那裡？」賀意微笑開口：「如果我跟妳說，其實我是育幼院出身的孩子呢？」

第二章

「什麼？」我訝異的看著旁邊的賀意。問：「你別開玩笑了，你不是言春旭的表哥嗎？」

「我跟他沒有血緣關係，我是他阿姨的養子。」賀意說：「我親生母親在我很小的時候就把我送來育幼院了，之後大一點就被春旭他阿姨是收養，因為我又比春旭大兩個月，所以理所當然我是他的『表哥』。」

「等等，好複雜。」我的腦海還在消化他剛剛給我的資訊，於是我又說了一次：「所以你本來就是那間育幼院的孩子，之後被言春旭他阿姨認養，而你就跟言春旭認識到現在？」

「就是這樣沒錯。」賀意點頭。

「怎麼突然告訴我這些？」我問。之前只要問到他們兩個的事情他們都直接選擇略過不回答。

「說來突兀，」賀意摸了摸鼻子，說：「看到妳，我就覺得也許我們是一樣的人。」

我狐疑的看著他。

「妳跟妳哥哥感情不好對吧？」

賀意這突如其來的問題使我愣了一下。

「並沒……」我原本要反駁，賀意卻先堵了我：「你們的互動，跟春旭他哥對他的方式很像。」

「……言春旭跟他哥？」

「我知道這對妳而言很敏感。」賀意的眼神突然變得深邃，他這回轉過身，上半身依靠在欄杆上，看著夜晚的星空：「放心吧，這些我都是有經過春旭的同意，我才告訴妳的。」

「……問題不是這個。」我喃喃的說。

賀意看著我，我說：「我沒有想到言春旭跟他哥哥感情是疏遠的，因為那一天……當我知道他哥哥出國的時候，他看起來挺難過的。」

「是挺難過的，」賀意微微勾起唇角，說：「他一直希望他可以跟他哥哥拉近距離，但他哥哥總是拒他於千里之外。」

「為什麼會這樣？」我忍不住問。

「因為春旭是他爸爸在外面的孩子，在他十歲的時候，他媽媽過世了，他爸爸就找上門來，把他接回去。」

我聞言因為驚訝而愣住了，沒想到言春旭的過去居然跟八點檔一樣。

「那他那位哥哥，也就是他爸爸法律上老婆的孩子嗎？」我問。

「對。春旭上面還有一個姐姐跟哥哥。所以春旭跟他們是同父異母的關係。」賀意嘆氣，說：「所以恩旭哥一直都無法接受，不過言羚姐倒是一開始就很乾脆的接納他了。」

「……原來是這樣。」我看著地上的影子。娓娓道來說出我不曾對其他人說過的事情：「其實我跟我哥哥感情不好也是有原因的，在我媽嫁給我爸之前，我媽媽就獨自一個人扶養哥哥跟姐姐，因為他們是龍鳳胎，一個母親要顧兩個孩子真的不容易，幸好，她最後遇到了我爸，也跟我爸結了婚也生下了我。」我又說：「聽我媽媽說，從小哥哥跟姐姐因為沒有爸爸的緣故，就被同學欺負，但我有爸爸，所以他大概是把心中這樣的不平衡，發洩在我身上吧。」我說。

「那妳姐姐是怎樣對妳呢？」

「她對我很好喔，」說到姐姐，我眼睛一亮，說：「我們從小感情就很好，幾乎無話不談，而有時候我被哥哥冷落的當天晚上，她就會跑來房間跟我睡。」

「妳不會難過嗎，被妳哥哥這樣冷落？」賀意問。

「應該說，是習慣了吧，」我聳肩：「反正從以前就是這樣了，他也沒有對我說難聽話或對我動手，頂多在家就是把我當成空氣。」

「所以妳那一天才會說出那樣的話，是嗎？」賀意又說。

『家裡只要有一個人一直冷漠你，這些寵愛對你而言，無法填補心中那微微的痛。』

「所以你才會說你懂是嗎？」我沒有正面回應，只是反問了他。

「是啊。不過我養母她是真的對我很好，春旭他親生母親也是視我為己出。春旭在回到言家前，我們兩個幾乎形影不離。」賀意說。

「但沒有想到竟然沒有血緣關係。」我笑著說：「你們感情真的很好。」

「妳有時候跟春旭很像，都散發出疏離的感覺，只是妳還會跟人互動，但春旭卻不一樣了。」賀意說。

聽賀意這一說，我頓了一下，之後緩緩的說：「因為，我沒有任何可以讓我能夠真心對待的朋友，所以，我跟所有人都保持適當的距離。」

我一直都是抱持這樣的心態跟人相處，直到現在，遇見了賀意。

賀意是我第一個訴說這些事的對象。

「不能說出去喔。」回家前，我還對賀意叮嚀。

「妳覺得我會那麼無聊嗎？」賀意揮了揮手，「我相信妳不會說出去，所以我才沒有特別叮嚀呢。」

「……我沒有那個意思啦。」我趕緊解釋。

「逗妳的。我相信妳不會說，所以我也不會說出去的。」賀意突然笑了出來，而我看著他的笑容，思緒也停頓了一會兒。

「明天見啦，別再睡過頭了。」我說完便轉身離開，只是，此刻我的心情卻意外的輕鬆，意外的好。

跟賀意的距離，彷彿又更近了些。

隔天到了學校，賀意跟我同時到達車棚，這一回，又剛好只剩下一個車位。

「這次讓給你吧。」我笑著說：「我去後面找。」

想到開學第一天的相遇，如今想起還是很滑稽。

「我又沒有要停這。」賀意說完頓了一下，之後搔了搔臉：「我是說，我想停後面一點的車位，那裡比較不會那麼擠。」

說完，他便騎著往另一個方向離開，留我在原地。

「紀孟羽。」

他回頭叫了我。

「幹嘛？」我回應他。

「中午妳不介意的話，要不要跟我還有春旭一起去吃飯？」

「去哪？」

「到時候妳就知道了。」

賀意跟我賣關子，我也就看著他騎車離開了。

看著他「讓」給我的車位，我揚起嘴角，怎麼感覺好像什麼都不一樣了呢。

此刻的心情，是我自從上了高中之後，第一次有的心情。

那就是期待。

走到教室之後，言春旭看到我，對我點了頭，跟以往比起來，他的冷漠稍微消散了些。

其實，我覺得他人其實不錯，只是班上除了賀意，他不會主動去找別人。反而是賀意，在班上人緣真的很不錯，有時候體育課都會看到他帶領他那一隊獲勝，而且他的隊友幾乎都會傳球給他，很搏得他們的信任。

不過看到言春旭剛剛的態度，看來昨天賀意應該有跟他說了一些。

中午的時候，我們來到了另一棟校區的中廊。賀意一下課就不知道跑去哪了。於是言春旭就先帶我過來。

我們沒有去噴水池旁邊的階梯，而是在另一棟校區的中廊。然而中廊牆壁很漂亮，像是被人精心布置般，就像個藝術品。

「好漂亮。」我讚嘆著：「你怎麼知道這個地方的？」

「因為我社團的教室就在這裡，所以之前就有來過。」言春旭勾起唇角。

「社團？」

「是啊，我加入了攝影社。」

「攝影社不錯啊。我覺得把照片拍的很漂亮的人都超厲害，」我對他豎起大拇指，說：「相信你可以成為一個很好的攝影師。」

言春旭聞言笑了出來，他看了看我，問：「那妳呢？妳是什麼的社團？」

「我參加了電影欣賞社，」我吐了吐舌，說：「因為真的不知道要參加什麼社團，我不像賀意熱衷於籃球，也不像你喜歡攝影，所以就選個比較輕鬆的社團了。」

「是喔……」言春旭頓了頓，似乎對我有話要說。

「想說什麼就說吧。」我微笑著問。

「相信昨天賀意跟妳說了很多。」

「是啊。那他有跟你說到我的事情嗎？」我問。

「嗯，關於妳哥哥的部分。」

「你是重視你哥哥的吧？」我說。

言春旭微微勾起嘴角，沒有說話。

「我明白為什麼賀意願意會找妳跟我們一起了。」言春旭說。

我抬頭看他，這時吹來一陣風。

「我們三個，其實都挺像的。」言春旭的聲音在風中飄散，至今還傳進我耳中。

不過，我居然不否認。

也許，我們三個真的很像，所以也會有些羈絆。

看著抱著便當盒，一路朝我們跑來的賀意，我的目光也一直停在奔跑的他身上。

直到奔來。

「久等了。春旭，你這次真的找到了好地方。」賀意滿意的笑著說：「看來這間學校著名景點不只是噴水池了。」

言春旭聞言沒有回答，不過倒是微微笑著。

「你帶了什麼？」我問：「午餐也說不用準備。」

「我帶我媽的私房料理。」賀意說完還特別看了言春旭一眼，我知道賀意指的是言春旭的阿姨。
「阿姨幫你準備的？」言春旭微微睜大眼睛。
「是啊，她今天突然想到要做涼麵，我準備了三個碗。」賀意也從袋子裡拿出了三個小碗，之後用驕傲的口氣對我說：「紀孟羽，妳一定要吃看看，我媽媽的廚藝比外面賣的涼麵好太多了。」
「是啊，賀意說的沒錯，我阿姨很會做涼麵，醬汁也是她自己調配出來的。」
看他們兩個一搭一唱，我也笑了出來。
高中第一個學期過了一半，我似乎得到了兩個值得我交心的朋友。
我也喜歡跟他們相處，因為很輕鬆，很自在，沒有什麼太大的負擔。

今天是第一次社團課，我算是很早到的人了，我也隨意挑個位子坐，然而沒多久同學也陸陸續續入座，然後這時有一個短髮女生問我：「這裡有人坐嗎？」還指了指我旁邊的位子。
「沒有。」我微笑回應。
於是那個女生就在我旁邊位子坐了下來，我剛好看到她帶了習作簿，我瞥見她的名字，叫施又珈。
電影欣賞社其實真的滿輕鬆的，基本上都是社長帶片子過來放，要看不看都隨我們高興，只是為了學校要的作業，每個人都要寫兩百字的心得。

這部電影我已經看過好幾遍了，所以我一開始因為無聊而感到昏昏欲睡。

第一節還沒結束，我就看到好幾個同學已經偷跑了，我看向坐在最前面的社長跟他們的同學，他們就坐一排，有說有笑的。

看著身邊的同學都快跑光，也激起了我想離開的慾望。

反正這部影片我也看很多次了，心得什麼的當然沒問題。

於是在內心的天人交戰之下，我最後也選擇偷跑出去了。

走出教室，因為教室內窗戶燈光都是關上的，所以一走出來，短暫的無法適應陽光。

我微微瞇起眼，想一想這兩節課，我可以去哪裡耗。

由於現在是社團時間，外面很多人都聚集在那一棟的廣場，據我所知，那好像是童軍社或康輔社活動性質就大的社團才會佔用那麼大的場地。

此刻我覺得這樣的我好像在流浪一樣，事實上確實也是。我還看到同社團的同學都還跑去打球了呢。

『因為我社團的教室就在這裡，所以之前就有來過。』

驀然，我想到之前言春旭曾經對我說過，他的社團教室就在這附近。

但是，問題來了，我不知道他的教室在哪一間。

我一間一間慢慢看，慢慢找，除了找言春旭之外，我也順便看了其他社團是如何經營的。

好吧，怎麼找都沒有看到他，不過倒是看到其他社團的同學都滿認真的。

只要對自己熱愛的事情，想必都會非常的投入在其中吧。

隨後我走到司令台，便坐在司令台上，看著對面的籃球社在打籃球。實在是不知道能去哪裡，這時回到社團教室又很無聊，最後繞去了司令台，去那裡吹個自然風。

「賀意，接住！」

在球場上的賀意帥氣又順利的接住那顆籃球，坐在我附近的那幾位女同學用讚嘆的語氣說：「那是一班的男生吧？好帥喔！」

「真的，放學看過他打過幾次籃球，真的很帥！而且又是陽光型的男生呢。」

雖然我眼睛盯著前面的球場看，但我耳朵卻很仔細的聽著她們的對話。

其實我還真的沒有想到，賀意也滿有人氣的。

「妳怎麼在這裡？」

社團課結束之後，賀意一定會從球場走過來經過司令台，因為我們教室就在司令台後面這一棟。然而他走過來看到我明顯一愣，也順勢問了那一句。

「翹課。」我笑著說。

「所以妳兩節課都在這裡？」

「嚴格上來說只有一節課左右，其他時間我都在亂逛。」

「妳什麼社團的啊？」

「電影欣賞社。」說完我便跳了下來，跟賀意並肩而行。

「我以為妳會去參加烹飪社或者是美妝串珠之類的。」賀意說。

「有想過烹飪，可惜人數滿了。」我又說：「美妝串珠那些我沒有太大的興趣。」

「妳跟一般女生還真的很不一樣。」賀意大笑。

我一記眼刀遞過去，佯裝兇狠的問：「你的意思是我是男的嗎？」

「我可沒這麼說喔。」賀意笑著說。

「你！」我差點作勢要打他。但是我馬上收手了，同時也很訝異，我不曾這樣跟一個人打打鬧鬧。這是我始料未及的事情。

回到教室之後，言春旭早已坐在位子上，他開始研究起他的單眼相機。

「有拍到什麼好照片嗎？」賀意一走進去就拍著言春旭的肩膀，而我則是坐在位子上，但把身子轉向他們。

「你的好照片是指什麼？」言春旭一邊看著相機一邊回應賀意。

「有沒有美女之類的。」賀意開玩笑的說道，但使我差點翻他白眼，然後言春旭像是已經習慣了他的胡言亂語，僅回了他：「沒有。」

賀意大笑，笑聲如此的爽朗跟清新，他拍了拍言春旭的背，最後甘願的回到位子上。

「明天見。」言春旭向我們揮手道別之後，便坐上了一台黑色轎車。

「其實言春旭可以騎腳踏車來上學的吧。」經過相處下來，每天看到言春旭上轎車離開，久了之後也發現言春旭好像也不是很願意坐車回去。

「這也沒辦法啊。」賀意聳肩，「他姐不太希望他跟我走太近，所以都叫司機來載他。」

「為什麼？」我跟上了賀意的腳步，雖然現在我們算無話不談，但是很多事情我都是等他提到了我才會問。

「他姐姐就是很標準的貴婦，所以她覺得我是個普通人家出生的孩子，怕我跟言家要好處吧？」賀意一邊牽著腳踏車出來一邊說。

「都什麼年代了，怎麼還會有這樣的想法？」我牽著停在賀意旁邊的腳踏車，也不是很明白言春旭他姐姐的想法。

「她高興就好了，反正，我跟言家也不熟，她不喜歡我也是她的事情，但她對春旭很好就是了。」

「感覺他們家都好強勢。」我說。

「住在有錢人家，很多時候春旭都是身不由己。」賀意無奈的說：「感覺我阿姨離開之後，他就失去了自我。」

我沒有說話，但腦海裡想到的都是言春旭眼裡那深不見底的憂鬱。

原來，他的憂鬱，是來自於小時候發生的事情。

不過很多我的習慣也因為賀意跟言春旭的介入，而改變了。

像以往我都是放學時間一到我騎著腳踏車就先走了。現在我跟都會等賀意牽出來之後我們再一起騎腳踏車離開，不過我們家裡的方向都一樣，所以也都順路。

於是我們就這樣過了高一上學期。

寒假期間，我突然意識到，沒有上學的日子，還真的有點無聊。

「寒假不知道爸媽會安排我們去哪裡玩呢。」姐姐躺在我的床上，呈大字型躺著。

而我坐在床邊，手機也在這時候震動起來。

賀意在學期末突然問跟我要了通訊軟體，而我也就直接給了他，結果他就創了三人群的群組，而裡面的成員無疑就是他、言春旭、我。

賀意：「寒假快樂，你們有要去哪裡玩嗎？」

言春旭：「可能會去日月潭。」

賀意：「紀孟羽，妳呢？」

原本打算看他們的對話不插嘴的我，就這樣被賀意點名了。

賀意：「我看到已讀二了，所以妳一定也在。」

看到賀意這番話，害我忍不住笑了出來。而我的手也開始在手機螢幕上敲打。

紀孟羽：「幹嘛？」

賀意：「要不要找時間出來一起吃飯？寒假在家感覺很無聊呢。」

我在思索要怎麼回覆時，姐姐這時突然勾住我的肩膀，驚喜的喊：「紀孟羽！他是誰？怎麼要邀妳出去啊！男朋友嗎？妳交了男朋友？」

對於姐姐這一連串的問題使我當時無法招架，我那時候僅回了到時候再說就把手機關掉了。

姐姐露出曖昧的笑，對我說：「那麼神祕，我一看到就關掉了，放心啦，我不會跟爸媽說紀家小妹談戀愛了。」

看到姐姐如此浮誇，我失笑：「姐，事情不是妳想的那樣啦！」

「不然是怎樣呢？我家妹妹那麼漂亮，交男朋友其實正常的啦。」姐姐怎麼看起來比我還興奮。

「姐，他不是我男朋友，」我先認真解釋，「他是我的同班同學。」

「但也是朋友對吧？」姐姐一臉期待的看著我。

「是朋友沒錯。」我點頭。

「不過妳交了男朋友之後，一定一定一定要帶來給我鑑定，知道嗎？」

「我覺得妳會比我先交。我才高一欸，談戀愛還太早了，」我努了努嘴，說：「而且我不覺得在高中生活我會有喜歡的人。」

「可別把話說的太死。」姐姐也跟我一樣躺在床上盯著天花板：「學生時期暗戀的對象，其實也是一種美好的回憶呢，上了大學，可就不會有這樣的心情了。」

「姐姐，那妳現在幸福嗎？」我問。

「很幸福啊。雖然爸爸不是我親生父親，但我願意叫他一聲爸爸，而他也確實像爸爸一樣疼愛我跟孟哲。媽媽也很疼我們，更重要的是，我還有妳這麼可愛又漂亮的妹妹。」說完，姐姐還輕輕捏了我的臉。

「我也有你們這些家人就夠了。」我說。

「不過孟羽，如果孟哲真的對妳太過分，妳不要一個人忍著喔，其實我是都有在看的。」姐姐正色的看著我，也無奈的說：「我那個哥哥從小個性就有點奇怪，但也許是小時候被欺負的陰影殘留在他心裡，所以他才會這樣。不過他如果真的太過分，妳一定要跟我說，我一定會去罵他。」

聞言我感動微笑，也抱住姐姐：「姐姐，有妳真好。好到我覺得這輩子沒有男朋友也沒關係。」

「說這樣，那我老了妳要養我喔。」

「那有什麼問題。」我笑著說。

姐姐可以說是在這個家裡面，最疼愛我的人。

我一直深信，我們可以永遠在一起，感情永遠像現在一樣的好。

我們也真的約了時間出來逛逛，我們在一間新開幕的小型遊樂場見面。公車坐到目的地之後，我立刻打給了賀意：「我到了，你跟言春旭也到了吧？」

「到了，妳下車就看到我們了。」賀意這樣說。我果真在前方站牌附近看到了他們兩個。

「妳……」賀意也看見了我我。他見到我卻露出了微妙的表情。

「我怎麼了嗎？」我今天穿了白色雪紡襯衫跟一件黑色牛仔短褲，但是看到賀意的反應，使我不禁懷疑：「不好看嗎？」

「很像賀意時常稱呼妳的小公主。」言春旭難得直接說了出來。

「帶路吧，春旭。」賀意似乎在故意轉移話題。

言春旭看了我，再看了賀意，露出了微笑。

認識言春旭以來到現在，他倒是第一次對著我展露笑容。

「言春旭，你將來有沒有考慮當導航？」我笑著說：「在你的帶領之下，我們走的滿順的呢。」

在前方的言春旭聞言笑了一聲，我看向賀意，他在我耳邊小聲說：「他很開心。妳不要誤會。」

「是今天能出來玩很開心嗎？」我也小聲回答。

賀意微笑點頭，而我比了ＯＫ的手勢。

我們在那一天玩了海盜船、驚嚇列車。而我發現賀意滿怕鬼屋這型的。在驚嚇列車裡面，我們坐一台車，車子開始在地下道的軌道上行駛，因為燈光比較暗，所以氣氛有些可怕。然而我看到坐在前面的賀意一直用手遮住眼睛。

那時候的我難得興起，於是拍了拍他的肩膀，說：「你幹嘛遮眼睛啊，驚嚇列車就是要看很可怕的東西啊。」

「我就不想看啊。」賀意嘴硬的說。

「不看你還進來，這樣很浪費欸。我……啊！」我打算繼續遊說，結果旁邊突然冒出一個很像貞子的人，使我忍不住尖叫。

而我這一叫，也嚇到了賀意，他也跟著叫起來，明明他的手都沒有離開眼睛。

「妳幹嘛亂叫啦。」走出驚嚇列車之後，賀意仍然心有餘悸。

「我也不想啊，誰知道講話講到一半旁邊會冒出來！」我現在想到那個畫面也還是會起雞皮疙瘩啊！

「你們兩個，真的很膽小呢。」走在後面的言春旭笑著說道。

「哪有！」賀意抱怨著：「你不是跟我說不恐怖嗎？」

言春旭聞言又笑了出來，今天大概是我看過他最多笑容的一次吧？

我們三個在裡面附設的速食餐廳解決午餐之後，言春旭問我：「妳最晚能幾點回去？」

「我跟我媽說晚上八點前就會回到家了。」我問：「怎麼了嗎？」

「那應該趕的上，我們下午五點可以去最上面的觀景台，這邊的日落很美。」言春旭微微勾起唇角。

「這就是我們今天來的目的。」賀意也在一旁附和。

「好啊。既然都來了，當然就要去看看了。」看著他們兩個男生期待的樣子，我也開始期待著日落的美景。

在遊樂園裡有時候都會被幾個男生盯著看，雖然我穿的沒有很暴露，但是也不喜歡這樣的目光，何況我很討厭搭訕。

不過賀意跟言春旭似乎有注意到那些視線，他們總是有意無意的為我擋下那些目光，即便我沒有說我不舒服的地方。尤其是賀意，他在跟我說話的時候，還會故意瞪著那些男生。

看著正在聊天，實際上為我擋住視線的他們，我不禁感到自在跟安心。

在摩天輪裡，我看著逐漸升高的景象，望著底下越來越渺小的景物，我不禁感到驚奇。

「妳是第一次坐摩天輪嗎？」賀意問。

言春旭跟賀意坐在對面，而我一直看著窗外，像個好奇寶寶一樣一直盯著外面的風景。

「對呀，」我回頭看著他們：「莫非你們來過很多次了？」

「開幕第一天我們就有來了。」言春旭說：「以後想來也可以一起。」

「還會有下次嗎？」我問。其實，我沒有想過我們還會不會有下次呢。

「當然。」這回是賀意回答的。

之後我沒有回答，只是繼續看著窗外的風景，我的嘴角也微微揚起，從來沒有那麼的充實過。

最後到了重頭戲，我們三個都拿著在外面買的飲料跟點心，站在一起看著眼前的畫面。

看著太陽緩緩落下，我的心情也一次比一次澎湃。

「謝謝你們，今天我玩的很開心。」離開前，我對著言春旭跟賀意說。

「不客氣，該說謝謝的是我。」言春旭誠摯的說。

然而我明白為什麼他會這樣說。

他就像是被囚禁在華麗籠子的鳥，渴望著外面自由的一切。

「下次再一起出來吧。」賀意微微笑著說。

由於我跟賀意是同一個方向的，於是在公車來臨前，我也看到了那台黑色轎車朝我們這裡駛來。

「再見。」言春旭恢復到以往的客套，之後便坐上了車離開了。

望著那台車離去的方向，我不禁感到一陣唏嘘。

公車幾乎客滿。原本我打算用站的，即使看到只剩下一個座位，我也不打算要去坐。

而且這到我家也只有十分鐘左右，用站的就行了。

「妳坐吧。」賀意站在我身邊，他拉著公車上的拉環意示那個空位子要給我坐。

「沒關係啦。」我擺擺手。

「妳如果站不穩……」賀意說完公車突然煞車晃了一下，我重心不穩身子往前傾正要撞上前面的人時，賀意及時拉住了我的手。

回頭一望，賀意的眼神，也就這樣望進了我的眼底。

「就叫妳坐著了吧。」賀意笑著說。

我不語，但也怕像剛剛的事情發生，而且說不定，如果公車再這樣煞車一次，賀意搞不好也無法及時拉住我了。

於是我就搔了搔臉頰，乖乖的在位子上坐下。

下車之後，我突然想到，於是轉身對賀意說：「我們去學校一下好不好？」

賀意對於我這突如其來的提議愣了一下，他說：「好是好，不過妳要幹嘛？」

「我聽說學校的噴水池到了晚上會放ＬＥＤ燈，很漂亮，我想去看看。」我說。畢竟我們上課的時間是在白天，根本看不到。

「喔，之前我來學校打球就有看過了。妳想去的話，就去吧。」

於是我跟賀意就往學校方向走去。

噴水池的燈光如此光彩奪目，顏色的轉換用漸層的方式呈現，加上水柱的流動，讓人看了更是目不轉睛。

「真的好美喔！」我拿出手機，打算把這場景給拍下來，回去拿給姐姐看。

「紀孟羽，我真的沒有想到妳也挺有少女心的欸。」想賀意失笑。

「哼。我本來就有。」我一邊對他說一邊把照片儲存下來。

賀意只是笑了聲，沒有搭話。

最後我們走到家門口，正當我對賀意揮手說再見時，他突然開口：「關於今天我原本要說的話……」

「什麼？」我回頭看他，等他回答。

結果他突然彆扭了起來，之後說：「我說，妳今天的樣子真的很像小公主，很漂亮。」

在我還沒反應過來之前，賀意已經先跑走了。

不過他跑沒多久就轉過頭來，再次的對我露出笑顏。

就算他消失在巷口轉角，我也依然站在原地，久久沒有進家門。

寒假一轉眼就這樣過去了，很快的我們就來到了高一下。

今天是開學日，我坐在鏡子前，一邊梳頭髮一邊發呆。

「紀孟羽！」姐姐打開了門，看到我早已穿好制服坐在鏡子前梳頭髮，一臉不可置信的走進來，她捏了捏我的臉頰，問：「天啊，妳是反常了嗎？通常開學都要人家請起來的紀孟羽居然自己起床了，還穿好制服了？」

「不好嗎？」我笑了出來。

其實我沒有告訴姐姐，我從昨晚就幾乎睡不著了。

得知今天開學，我最近滿腦子想到的都是賀意，再來是言春旭。

也會想到我們三個一起去遊樂場，也意外知道賀意怕鬼屋，最後的畫面總是停在……他跑走時最後轉過頭來對我露出的笑顏。

只是想到這裡，我都會用雙手拍了拍臉頰。

不要多想！我總是這樣對自己說。

第三章

開學第一天，大家見到面都是說寒假過的如何。在言春旭跟賀意來教室之前，有幾位同學也會隨口問我寒假過的如何，而我都禮貌笑笑的說都過的還不錯。

看著後方賀意的位子，自從出遊那一天之後，除了群組偶爾問候生活狀況，我也沒有再跟賀意他們見面了。直到今天開學。

「早安。」言春旭走到我旁邊，微笑對我說早安。

「早安。」我也微笑回應他，他似乎變得比較開朗些了呢。

「早喔。」賀意一來也是直率的打招呼，但當我們對到眼的時候，感覺我們彼此之間的氣氛似乎起了變化。

「早安，賀意。」我率先打破這個氣氛，微笑的對他打招呼。

像以往一樣。

第一堂課正好是班導的課，班導就利用了這堂課來選幹部。

我一直堅持作死的原則，想在高中三年裡，不當任何幹部，無事一身清。

我看了看選出來的幹部，言春旭原本有被提名當班長，不過差了另一位同學兩票當選。

然而賀意連任康樂股長，我覺得是意料之內，在體育課他能凝聚大家的團結力，上學期的班際球賽，我們班是第三名。

可見而知，賀意在這塊領域上是很讓大家信賴的。

「你又要忙一學期了。」下課的時候，我們三個人相約去福利社，在路上的時候我如此對賀意說。

「我覺得還好啊，而且我本身也很樂於康樂這個位子呢。」賀意看了看我身旁的人，說：「春旭，倒是你，你很有當班長的料，結果卻輸給了楊兆瑩。」

楊兆瑩是我們班這學期選出來的班長，也是剛剛言春旭競選的對象。

「我不在意這些的。」言春旭揮了揮手。

「妳呢紀孟羽？」賀意問我。

「我？我才不想當幹部呢。」我說。

言春旭這時突然開口：「其實妳可以當學藝之類的。」

我愣了一下，之後趕緊搖手。

賀意看著我們的互動，也不禁哈哈大笑。

我們也就這樣一路吵吵鬧鬧的進去福利社。

有一天體育課我突然有點不適，所以我坐在樹下休息。

正在打籃球的賀意過來拍了拍我的肩，略帶擔心的問我：「妳沒事吧？要不要去保健室躺一下？」

我頓了一下，之後緩緩的說：「我不是身體上的不舒服，我今天心中一直都很忐忑不安，我也不知道為什麼，從早上就這樣了。」

「妳在害怕什麼嗎？」賀意這回蹲下身跟我平視。

我聞言搖頭，「我也不知道，我也很怕發生什麼不好的事情。」我緊抓著胸口，害怕情緒之餘也多了點煩躁。

今天早上起來，我就開始這樣了，但是生活也跟平常一樣，早上跟家裡的人吃早餐，之後就騎腳踏車來上學，都是再也平凡到不能平凡的事情了。

「你先去打球吧，我沒事，只是心情上有點浮躁，沒問題的。」我微微勾起唇角，也不希望他因為我而浪費他還有跟他打球同學的時間。

見賀意還不太想走，我微笑說：「過去吧，沒關係的。」

此刻我也瞥見班上幾個女生坐在一旁的角落正在往我們這方向看，眼神都透漏出好奇。

而賀意在我的催促之下，也回到了球場。同樣也在球場的言春旭，見賀意過去拍了他的肩，也好奇的朝我這裡看過來。

之後我把頭埋進我的雙膝，這突如其來的心悸跟不安使我感到懊惱。

放學時分，賀意過來問我：「妳急著回家嗎？」

「嗯。」我不假思索的點頭：「雖然家裡沒事，但我今天只想趕快回到家。」

「那我陪妳回去吧，反正我家也跟妳同方向。」賀意說。

此刻他體貼的樣子，不知道為什麼，居然開始在我心頭上勾起一點點的漣漪。

放學也跟往常一樣，我們看著言春旭坐上轎車離開，而我跟賀意則是前往腳踏車車棚。

一路上我的手下意識的抓緊背包的背帶，我的心情也依舊七上八下的。

就在這時，我的手機響了起來。是媽媽打來的。

「抱歉，」我對前方的賀意說：「我接個電話。」

「好。」賀意回答。

我立刻接了起來，問：「媽，怎麼了？」

結果聽到媽媽說的話，我立刻癱倒在地，也不小心撞倒了一排的腳踏車。

「紀孟羽！」賀意趕緊扶我起來，著急的問：「妳怎麼了？」

「賀意，怎麼辦？」我的眼淚不受控制的流了出來：「真的發生不好的事情，怎麼辦？」說完我忍不住崩潰了起來。

「冷靜，紀孟羽。」賀意雙手按住我的肩膀：「讓我搞清楚是發生了什麼事情。我等妳，慢慢來、慢慢講。」

在賀意的眼神跟安慰之下，我趕緊擦掉眼淚，抽抽噎噎的說：「剛剛……我媽媽打電話來，說奶奶出了很嚴重的車禍，狀況很不好，叫我趕快……趕過去醫院……」說完我的眼淚又掉了出來。

小時候，我跟我奶奶的感情也非常的好，她的手很巧，我小時候的衣服都是她親手做給我的，哥哥姐姐也有一份。

每逢回去奶奶家，她也會笑咪咪的抱抱我，甚至還說，如果將來我結婚了，她一定要包很大的紅包，從小到大，她最疼我了，如今她卻正在經歷生死關頭。

「不能再拖了。」我伸出顫抖的手牽腳踏車，結果不管怎樣都牽不出來，而我見狀著急了起來。

而賀意見狀就抓住我的手，把我帶走。

「放開我！我要去醫院看我奶奶！」我急著掙脫。

「妳這樣的狀況能騎腳踏車嗎？」賀意打斷了我：「我載妳去比較快！妳如果想早點看到妳奶奶，妳現在就照我的話去做！給我載，知道了嗎？」

賀意此刻的氣場不容許我拒絕，於是我愣愣點頭，任由他拉著我的手走到他腳踏車前面。

賀意騎著腳踏車，而坐在後座的我拉住了他的衣服，他也用他最快的速度，往醫院方向騎去。

賀意在一路上都用衝的，甚至還闖了好幾次紅燈，也在車子內快速的穿梭。

我緊緊抓著他的衣服，不過幸好他的騎車技術非常不錯。

「你將來騎機車會不會也這樣騎呀？」我問。

「那是因為現在是緊急狀況，我才會這樣，我平常可是都是守法的好公民。」賀意微微轉過頭如此對我說。

我聞言馬上笑了出來，內心的恐慌也因此少了些。

不用十分鐘，我們就到了醫院，而我下車之後馬上往醫院裡頭奔。

奶奶！我來了！

我在心裡不停的吶喊著。我也相信奶奶一定會平安無事的！

通往媽媽告訴我的樓層，我心急如焚的搭著電梯，每上一層樓我都覺得過了一小時久，我雙手合十，希望老天爺不要帶走我的奶奶，希望奶奶平安無事。

但是，在我到達奶奶病房的樓層時，我看到爸爸、媽媽，哥哥還有姐姐，以及醫生跟好幾位護士，神色凝重的站在病房外。

當我走近時，他們的聲音更能清楚的傳入我耳中。

「我們已經盡力了。請節哀。」我聽到醫生沉重的語氣。

然後我聽到姐姐的哭聲、一向堅強的爸爸也落淚了。

我看著一個病床上，蓋著白布，在醫生旁邊靜靜躺著的人，我似乎感覺到我心裡有一個部分已經碎了。

「醫生！」我趕緊上前拉著他的衣服，只差沒有跪下了，我懇求的說：「請你救我奶奶好不好，再救一次試試看，說不定她就會活過來了！」

醫生心疼的看著我們，媽媽哽咽的把我拉開，忍住情緒說：「不要這樣，醫生他真的盡力了。」

「為什麼奶奶會變成這樣……」我哭著大喊：「為什麼！」

「奶奶她過馬路的時候，被一台闖紅燈的轎車撞飛，聽說對方還肇事逃逸，現在警察已經抓到他了，他正在警察局做筆錄。」姐姐搭著我的肩膀解釋著，眼淚也從來沒有停止過。

我踉蹌的走到奶奶旁邊，以前跟奶奶相處的回憶也接踵而來。

『孟羽，長大後，要好好孝順爸媽，也要當個善良樂觀又美麗的孩子喲。』

『我要看到妳嫁給一個好男人。』

『孟羽，妳是個很乖的孩子喔。』

奶奶的聲音似乎從那塊白布裡傳來，每當她的聲音響一次，我的心也就痛一次。

我跪了下來，眼淚也在這時候潰堤。

「奶奶，醒來啊。」我哭著說：「我求妳好不好，我答應妳，我會像妳說的，做一個善良、樂觀的人，可是妳要陪在我身邊看著啊……妳不是還要教我做衣服跟煮菜嗎？妳不是還要看我嫁人嗎？奶奶……」我哭到不能自己，任由自己的哭聲在這層樓迴盪著。

家人們的哭泣聲、醫生護士的嘆息聲，以及在角落，從頭到尾都陪在我身旁的賀意，他遠遠的站在一旁，也露出難過的神情。

冷靜之後，我們坐在醫院大廳，爸爸捏著我的肩膀，但我知道，他還在哭泣。

為什麼那個人要那麼的狠心？奶奶已經是年事已高的人了，為什麼撞到她還可以狠心的逃走？

想到這裡，我都忍不住落淚，包含心疼、氣憤，以及想要親手把那個人給掐死的恨。

可是我知道，我什麼都做不到，只能自己在這邊流淚。

我也知道，就算我把那個人給掐死了，奶奶也回不來了。

「你不是上次在育幼院的那位孩子嗎？」媽媽看著始終在一旁的賀意，她禮貌性的對賀意說：「謝謝你載孟羽來醫院，你也還沒吃東西吧？要不要阿姨請你吃？」

賀意始終都在我身邊嗎？他沒有回家嗎？我抬眸，就跟他對上了眼。

「不用了，我等等要離開了。」賀意禮貌的說，之後他頓了一下，說：「阿姨，叔叔，節哀順變。」

「謝謝你。」媽媽客氣的對他說。

「跟妳同學說聲謝謝吧，他今天載妳來呢，」爸爸推了推我，笑著說：「再怎樣難過，做人基本的禮貌可別忘記了。」

我點頭，之後擦乾眼淚站起身，對賀意微笑說：「謝謝你今天載我來。」

「我要說抱歉。」賀意垂下眼。

「為什麼？」

「要是能再快一點的話……」賀意握緊了拳頭。

我一愣，之後趕緊握住他的拳頭，搖頭說：「這不是你的錯，真的不是，我還要感謝你，如果沒有你……」我苦笑：「我真的連送我奶奶去太平間的機會也沒有。」

賀意抿著唇，沒有說話。

但此刻，我也想起。
賀意跟言春旭，其實也經歷過這種狀況。
所以賀意才能明白我此刻的心情。

回到家之後我因為哭累而睡著了，隔天媽媽就幫我請一天的假，也許就藉此讓我整理心情吧？
走下樓梯，我看到媽媽跟姐姐坐在客廳摺著蓮花。她們兩個一臉疲倦，臉上沒有表情。
爸爸回去照顧爺爺，哥哥一早就去上課了，姐姐說她無心去學校上課，所以跟我一樣請假了。
「媽，姐，早安。」我開口。
「早安。」姐姐跟媽媽同時說。
「需要幫忙的嗎？」我走上前。
「不用了，目前蓮花也快摺好了，」媽媽拍了拍我的手，微笑著：「中午妳就跟妳姐去吃就好了。媽媽有饅頭，還沒吃完。」
「媽，要不要我帶點東西回來給妳？吃饅頭不會飽啦。」姐姐說。
媽媽搖頭，說：「我吃饅頭就可以了。」
媽媽之後一邊拭淚，一邊笑著說：「妳們奶奶，是個很偉大，又堅強的女人。」

聞言，我跟姐姐同時抬頭看著媽媽。

「當年奶奶不介意我已經有孟慈跟孟哲，不但同意我嫁給你們的爸爸，也很疼愛你們三個，這份感激的心情，也一直這樣放在我心裡。」媽媽一直拭淚著說：「只是現在，能繼續孝順的機會都沒了，只能透過做摺蓮花這件事情，來盡一份我這個媳婦唯一能為她做的。」

姐姐聽到也忍不住掉下淚來，說：「是啊，儘管她不是我的親奶奶，但我早就把她當成是自己奶奶了，因為她對我跟哥真的很好。」

「所以，為了不讓她在天上為我們擔心，我們一定要好好打氣精神，哭過了，明天也要繼續過生活，知道嗎？」媽媽摸了我跟姐姐的頭。

聞言我用力點頭，把眼淚擦乾。

我們三個之後也笑了出來，我們知道，日子也還是要過下去的。

我不能辜負奶奶對我的期許。

我跟姐姐中午就去速食店吃東西，在等餐的時間裡，我們都沒有交談，只是滑著手機。

「孟羽。」姐姐突然叫了我。

「嗯？」

「妳到底有沒有交男朋友啊？」

我聞言，瞬間能理解為什麼姐姐會這樣問了。

畢竟昨天我們離開醫院之後，賀意才跟著離開，即使他那時候離我們有段距離，但是姐姐一定會看到。

「昨天也是他載妳來的。」姐姐又說。

「姐，我們只是同學，在班上算是比較要好的朋友。」我微微笑著。

「這樣啊，難道妳不喜歡他嗎？他長得很帥欸。如果我是妳，遇到這樣的男生我早就動心了。」

「怎麼每個人都覺得他很帥。」我失笑。

「是真的很帥啊，妳不覺得嗎？」

我聞言微笑聳肩。

「不過，他喜歡妳嗎？」

姐姐這一問使我頓了一下。腦袋居然空白了幾秒。

「沒有吧。」最後我如此回答。

其實我知道，賀意跟言春旭之間有我都無法干涉的羈絆，賀意跟言春旭，最重視的人是彼此。

「好吧，我不信妳不喜歡他。」這時餐點來了，姐姐說完這句就直接開動。

我從來沒有想過戀愛這件事情。所以那時候姐姐隨口說出的話我也沒有往心裡放去。

賀意：「紀孟羽，妳心情好點了沒？」

下午賀意突然敲來了訊息。

我看了看時間，這時候是自習課。

紀孟羽：「有~明天我就會去學校上課了。」

言春旭：「今晚要不要出來逛逛？」

我思索了一下，之後繼續打字。

紀孟羽：「怎麼了？」

言春旭：「出來散個心吧。」

我盯著手機螢幕，但心中也浮現出暖意。

紀孟羽：「好。」

手機放下之後，我躺在床上看著天花板，微微一笑。

幸好，這時候我有他們這兩位知心的朋友。

晚上我來到約定的地點，也就是學校的籃球場。

不過我只有看到言春旭在裡面，賀意呢？

「妳來啦。」言春旭微微笑著。

「是啊，我來了。」我東張西望，說：「賀意呢？」

「他有事情，晚點到。他說我們先開始。」言春旭神祕一笑。

「開始什麼？」

言春旭遞給了我一支仙女棒。我見狀，沒有立刻接過。

「今天出來，希望妳可以開開心心的。」言春旭說：「我知道昨天發生的事情了，很抱歉我沒有及時安慰妳，其實另一方面我也是等妳情緒沉澱了我再跟妳聯絡。我想說的是，我能體會妳此刻的心情。」

我看向言春旭，之後也接過了他手中的仙女棒。

看著仙女棒美麗的花火，有一瞬間，我好像感覺到了奶奶在祝福著我。

祝福我，成為一個快樂的人。

我的眼淚在這時潰堤，眼前的仙女棒瞬間變得模糊不清。

「哭吧，沒關係的，」言春旭溫和說道：「妳心裡有很多委屈的，對吧？」

這時，我也想起，言春旭很多方面，真的跟我很像。

不論是失去親人，抑或是努力想要得到哥哥的認可，但是因為對方依舊不領情，所以索性放任兩個人的距離越來越遠。

手中的仙女棒已經熄滅，而我眼淚也逐漸停止。

而賀意還沒來。

我看著旁邊的言春旭，他看著我，便問道：「我們真的很像，對吧？」

我低下頭，之後說：「你在意你的哥哥嗎？」

「他曾經對我說過一句話。」

我抬眸看向他，他苦笑著：「他指責我，沒有為自己的人生負責過，這是第一次，也是唯一一次對我說過最多話的一次。」

「言春旭，」我開口：「我也覺得，人生真的該為自己活。我奶奶就算過世了，我也還是決定要打起精神，繼續過生活。」

言春旭看著我，眼裡閃過一絲的情緒。

「你也何不妨，像你哥哥說的，為自己而活？我相信你哥哥的意思是如此的。其實我覺得，你哥哥不是不關心你，也許你們之間的芥蒂不會馬上消失，但我可以感受的出來，你哥是用他的方式在關心你。」我微笑著。

「……那妳呢？」言春旭沉默了一會兒，之後便開口。

「嗯？」

「妳沒有想過要修補跟妳哥哥的關係嗎？」

「他對我的厭惡，是根深蒂固的。小時候積極的跟他接觸，他一次也沒有搭理。」我聳肩：「也許我是消極吧，最後也就這樣放由他跟我距離越來越遠，雖然他沒有對我說過難聽話。」我們很像，卻也不像。

「我們果然都無法選擇自己的出身，對吧？不論是妳，還是我，甚至是賀意。」言春旭微微苦笑。

這時腳踏車的煞車聲迴盪在籃球場，看過去，是帶著一包鹹酥雞的賀意。

「抱歉啦，我來晚了，因為剛剛在排隊買這個。」賀意笑著走來：「仙女棒還很多，可以一邊放一邊吃。」

「這麼豪邁。」言春旭笑著說。

「當然。就出來放鬆一下心情吧。」賀意看著我笑著說。

對上他的眼，我的心情也似乎因為他，在迷惘的青春裡，亮起了一盞燈。

我揮著仙女棒，開心在空氣中寫著自己的名字。

賀意跟言春旭則是在一旁吃著鹹酥雞看著我玩著仙女棒。

「一盒玩不夠還有很多盒。」賀意坐在地上笑著說。

「我才沒那麼會玩。」我笑著說。

回頭，他們都會在，而且還會適時的給予我友情的溫暖。

「今晚的星星特別美。」賀意說。

「是啊。」我也認同。

「謝謝你們，」我誠摯的對他們兩個說：「幸好，有你們在。」

賀意聞言，也微笑點起一根仙女棒。

夜晚，我們三個在籃球場，玩著我從來沒有玩過的仙女棒。

仙女棒燦爛的花火，對映著眼前那兩個男生的笑顏，似乎找回了我們這年紀應有的快樂的青春。

要永遠快樂，對吧？

「請問賀意在嗎？」

「請問言春旭在嗎？」

最近的我，時常聽到別班的女孩子來班上找這兩位男生。

「他們人氣真好，不過也是，兩大帥哥都在我們班上，這也讓不少人知道我們班了。」

「何況賀意還是康樂，曝光率更大吧？」

我看著被叫走的賀意，耳裡聽見了班上同學討論這話題的八卦。

我現在才知道，原來賀意這麼受歡迎。

但是為什麼，我卻覺得心裡有點彆扭？

「紀孟羽，妳跟那兩個男生那麼要好，妳都沒有想過，妳會喜歡上其中一個嗎？」前座的女同學轉過身子，好奇的問我。

「我？」我愣了一下，之後誠實的說：「我還真的沒有想過這個問題呢。」

「那我用另一個方式問妳好了，賀意跟言春旭，妳會選哪一個？」

這位女同學的問題使我一愣，除了沒想過這個問題，我甚至也不知道該怎麼回答。

兩個男生都很好，只是……

我們也許更多的，是來自同樣身不由己的同命感吧。

「妳要吃巧克力嗎？」賀意進教室時問我。

「不要，那是別人送你的心意。」我懶懶回應。

我也看向一旁的言春旭，說：「你也滿辛苦的，巧克力的數量也不輸賀意，吃的完嗎？」

「妳可別說風涼話。」賀意說：「跟妳說，外面也很多男生在妄想妳。」

「嗯？」我問：「可是沒有人來跟我告白過。」

雖然我知道只要走在校園裡，我都會被引起一些注目。但基本上只要沒上來跟我攀談我都裝沒事。

「那是因為我跟春旭都擋在妳旁邊，自然也就擋了很多蒼蠅。」賀意說。

「只是女生不一樣，就算我們身邊有妳，她們還是會一直靠過來。」這回換言春旭接話。

我的頭上似乎有烏鴉飛過，重新思索他們剛剛的話，我發現事實好像真的是如此。女生其實有時候在感情方面，比男生勇敢許多，也主動許多。

「辛苦你們了。」我似乎想起一件事，又說：「不過春旭不是喜歡吃巧克力嗎？」

「這種的我就不會想吃了。」言春旭幾乎秒回我。而我見狀也大笑了起來。

「那好吧，」我伸手：「那既然你們不要，這些巧克力我來吸收吧。」

「妳要一個人吃？」賀意狐疑的看我。

「我姐可以幫忙吃啊，她也喜歡吃甜食呢。」我頓了一下，之後問：「你們有沒有好好回答她們啊？如果不喜歡，可別讓那些女生會錯意了呢。」

「當然有，我一天都說了『抱歉，我不能答應妳。』這句話說到快變成口頭禪了。」賀意無奈的揮手。

「那……」當我的眼睛對上言春旭時，我發現，言春旭從剛剛，就一直盯著我看。

他的眼神，參雜了許多複雜的情緒，比起以往那冷漠壓抑的眼神，此刻居然多了溫柔。即使只有一閃而逝。

他的眼睛裡，只有我一個人的倒影。

我突然有種不安的感覺，於是我抿了唇，之後微笑開口：「我臉上有東西嗎？」

言春旭回過神，之後微笑搖頭。然後別開了眼。

「欸春旭，今天的關東煮特別好吃欸。」賀意似乎沒有發現剛剛那微妙的氣氛，他還把一支黑輪給了言春旭。

看著他們此刻的互動，我突然很害怕一件事情。

我怕他們的關係，會被改變。

畢竟剛剛言春旭的眼神突然讓我察覺到不對勁。

還是是我想多了？

在假日的下午我戴上了耳機，也穿上運動服，綁起了馬尾，決定要去學校運動一下。

其實也是因為家裡沒有人在，一個人在家太無聊，於是決定自己出去走走。

進去操場，在操場跟籃球場之間，有一段平衡木，我走了上去，一邊聽著耳機的音樂，一邊伸出手搖搖晃晃的走在平衡木上努力維持平衡。但走著走著卻差點因重心不穩跌下去平衡木。

「小心！」這時，賀意突然出現了，他左手拿著籃球，右手扶住我的手臂。

「妳居然會出現在這？」賀意笑著說：「妳剛剛差點摔下來呢，妳平衡感滿差的喔！」

我沒有回嘴，只是愣愣的看著他。

通常我聽到他如此吐槽我，我一定會叫他冒失鬼之類的。只是現在，看到我如此安靜，賀意也疑惑的看著我。而我們就這樣，互看著彼此。

我率先掙脫了他，之後便跳了下來。

「你怎麼在這？」我問。

「打籃球。」

「你這麼喜歡打籃球？」

「跟妳說一個好消息。」賀意看起來好像真的很開心。

我狐疑的看著他，他之後也不打算賣關子，直接說：「我當上籃球隊的隊長啦！我真的沒有想過自己會當上隊長欸！」賀意不敢置信的說。

「當上隊長很好啊，實力是被認可的。」我笑著說：「加油喔。」

看著他開心的模樣，此刻我也因此感染到他開心的氛圍而跟著他一起笑，一起共享這份喜悅。

時間又過了，暑假結束後，我們已經成為了高二生。

暑假期間，我們三個依舊保持聯絡，言春旭有跟他們的家人一起去國外旅遊一陣子，他也都會拍幾張風景照傳到群組。

「各位同學，你們剩一年的時間，就要開始進入水深火熱的日子了。」開學第一天，班導一走進教室，就說了這個消息。

明年的現在，也就是現在的高三學長姐，都要面臨到人生中最重要的考試——準備學測。

班導此話這一說，同學紛紛哀嚎著。

「我們才剛升上高二，不用那麼早就要我們面對這個事實呀。」

「還有一年呢老師。」

班導拍了拍講台，之後說：「就是要早點提醒你們，你們能玩樂的時間已經不多了。不過開學第一天，我們該做的還是要做。」

開學第一天，又是選幹部、發新書。怎麼感覺好像是昨天才發生的事情呢？突然感嘆時間過的真快啊。

才一眨眼，我們就已經高二了。

也跟賀意還有言春旭相處了一年。

這次毫不意外的賀意又連任康樂，而言春旭當上了班長，而上學期的班長楊兆瑩，這學期當了學藝。

「你康樂股長當了一年了呢。」放學時，我說。

「妳能力也不錯啊，為什麼就是不當幹部？」賀意也反問我。
「我覺得這樣太累了。」
「話說下禮拜選社團。妳一樣要待在電影欣賞社嗎？」
「應該吧。」不然也不知道要參加什麼社團。
「妳無聊的話，社團課也可以來找我啊。」
我抬眸看向他，他笑著說：「反正春旭也都會來打籃球，我們社團都時常跑來其他社的。」
「他跑來找你正常啊。」我笑了起來，也突然想到，笑著說：「我之前有聽說過有些女生都以為你跟他是一對，因為你們很常走在一起。」
賀意翻了白眼，說：「我早就知道了，但我懶得解釋。難道要我一個一個攔下她們，解釋說『我跟春旭其實是表兄弟沒有其他關係喔』這樣嗎？」
「哈哈哈哈哈哈哈。」我被他這樣的反應逗到笑得人仰馬翻。
只是我眼角餘光，剛好看到一個女生一直看著我們。
在我看過去的時候，那個女生正好別開眼。那個女生就是楊兆瑩。
看著她的反應，我再看看身旁的賀意，印象中，他們兩個並沒有交集，一學期話也說不到五句。
剛剛看楊兆瑩的反應，是多疑了嗎我？但我之後把這個想法甩在腦後，不去多想。

「媽！」

晚上我跑到媽媽的房間，她正好在房間擦著乳液。

「怎麼了？」媽媽問。

「明天是哥哥跟姐姐的生日，對吧？」我問。

「是啊。很快的，他們已經要大學畢業了。」媽媽笑著說：「歲月真的不饒人，而妳明年也要十八歲了。」

我幫媽媽按摩她僵硬的肩膀，由此可知她這些年有多辛苦。

「媽，我想為哥哥跟姐姐慶生。我想買一個蛋糕送給他們。」我說。

「喔？」

「明年哥哥跟姐姐大學畢業了，就要去工作，說不定也不會住家裡，」我抿唇，說：「也許這是最後一次可以在家裡幫他們慶生了。」

「他們如果知道妳有這份心，一定會很高興的。」媽媽拍了拍我的肩膀，「這樣吧，媽媽贊助妳一些錢，讓妳去買蛋糕。」

我搖頭，說：「我有存錢，沒問題的。」

姐姐喜歡吃那家新開蛋糕店的提拉米蘇蛋糕，哥哥雖然沒有明說，但有時候也會看到他去買那家店的蛋糕。

雖然哥哥從未正眼看過我，但畢竟……也還是一家人呀。

「妳怎麼停在這裡？」賀意見我停在蛋糕店前面，於是好奇的問。

「買蛋糕呀，今天是我哥跟我姐的生日，我想說我這個做妹妹的，可以為他們做一些事情。」我說：「你要一起進去嗎？」

「好啊。」賀意回答的很乾脆。

「你要不要一起來參加慶生會呀？」我說：「我家人也都認識你，所以應該不會對你感到陌生。」

「妳不怕他們會錯意？」賀意突然輕聲問我。

「會錯意？」

「怕他們認為我跟妳之間關係……」他突然在我耳邊小聲的說：「不、單、純。」

故意這樣弄我的下場就是被我打了肩膀。

走出了蛋糕店，賀意手扠口袋，笑著說：「那我就厚著臉皮，加入慶生會啦。」

「我爸媽會很歡迎你的啦。」我翻了白眼，之後說：「他們之前就有說要請你來家裡坐坐了。」

「他們都沒有誤會什麼嗎？」賀意失笑。

「一開始有啊，後來我就一直解釋，他們才相信。」除了我姐。

賀意笑笑，沒有說話。

然而走到門口，我剛好看到了哥哥。

賀意見狀，輕推了我一把。像是一股動力，使我往前。
我愣了一下，但看到賀意鼓勵的眼神，我抿著唇，深呼吸，之後微笑走向哥哥。希望，我們的距離可以拉近。
「哥！」我叫住要進家門的哥哥，他聞言一頓，之後轉向了我。
「我買了蛋糕，今天是你跟姐姐的生日。我們一起慶生，好嗎？」我開口。
哥哥看了我，也看了後面的賀意，之後微微笑著，語氣不帶任何感情：「還帶了男朋友？」
「啊？不是啦！」
「不用了，不用那麼費心。妳幫孟慈慶生就好，我不需要。」
「可是今天也是你生日！讓我這個妹妹為你做一點事情吧？」
哥哥聞言，久久沒有說話，他之後微微嘆了一口氣，說：「妳花的錢，也是媽給妳的。與其說是妳買的，倒不如是媽買的吧。孟慈也許會很開心，但我跟她不一樣。」
「……」
「你有必要這樣對她說話嗎？大哥。」
賀意這時走上前，他的身高跟哥哥一樣高，而兩個人此刻平視著。
哥哥一愣，之後只是微笑：「怎樣？捨不得？」
「我只是看不過你對她的態度罷了。」賀意冷冷的說：「她沒有做錯什麼事情，你沒必要這樣對她吧？」

「你懂什麼？」

「我確實不懂。」賀意又說：「但我知道你沒有做哥哥的樣子，沒有值得她把你當成哥哥的樣子。」

「賀意！」我嚇到了。

「紀孟羽，」哥哥冷冷的看著我，之後也用冰冷的語氣說：「妳真的很幸運，有一個對妳好的爸爸，現在又一個捨不得妳的男朋友，妳說，妳是不是很幸運？」

哥哥說完便直接頭也不回的進家門。

而我愣在原地，手中的蛋糕差點拿不住。

「……抱歉。」賀意滿臉歉意說：「我真的是看不過他……」

「沒關係。」我微微笑著：「其實……剛剛一開始看到他的眼神，我知道我依舊還是會被他疏遠。」

「我覺得他這樣做很沒有道理。」賀意不解的看著我：「妳難道不會覺得自己很無辜嗎？」

我看著他，但也從他眼神中看到了另一個人的影子。

言春旭。

他跟他哥哥的處境也跟我很類似。

那一天，賀意沒有進去。他說他搞砸了我準備的慶生會，即使我沒有怪過他。

「賀意。」所以在他轉身前，我叫住了他。

月光之下，微微照亮了我們。

「謝謝你。真的。」我衷心的說。

籃球場的吆喝聲、籃球著地的聲音，以及，一群女孩子的尖叫聲。

毫無疑問，這時是社團課，我跑去籃球場找賀意了。

賀意現在是籃球隊隊長，他的人氣突然變得聲名大噪，吸引了許多女同學。

「我還真的沒有想到，賀意居然那麼有名。」我對著旁邊的言春旭說。

「可能因為賀意比較隨和吧。」言春旭笑著說：「我不太習慣跟不認識的人相處，妳跟賀意算是例外了。」

「是啊，你跟去年比起來，對我說的話多了十倍。」我說完言春旭也笑了。最近，不論我說什麼，言春旭都會笑。

我喜歡跟他們相處，喜歡他們這兩位朋友。是友誼的喜歡。

但是，我發現事情好像越來越不能在自己控制的範圍內了。

我想起賀意的次數越來越多了。

「我幫妳拍一張照好嗎？」言春旭頓了一下，之後說：「因為社長規定，要找一個模特兒拍照，原本要找賀意，不過……」

「好啊。反正那個賀意，玩籃球玩到瘋掉了。」我故意這樣說。

我們走到稍遠的地方，在樹下，言春旭對我說：「妳擺一個姿勢。」

「隨便擺嗎？」

「對，不要太奇怪就好。」

我想了想幾個姿勢，其實拍照擺姿勢有點尷尬跟困難，於是我還是比了最大眾的姿勢，也就是剪刀手勢。

言春旭拍完之後把相機裡的照片拿給我看，我看完之後忍不住讚嘆：「你也太會拍了吧！」

言春旭聞言略帶驕傲的說：「當然，很多拍照的技巧，都是我媽媽教我的。」

「所以你媽媽是攝影師嗎？」我問。

然而言春旭露出懷念的神情便點頭。

「自從她過世之後，我就在想，希望有一天，我可以繼承她的夢想，然而，這也是我自己的夢想。」言春旭笑著說。

我好像是第一次聽到他真正的想法呢。

「希望你的夢想有一天可以實現。」我衷心的說。

言春旭聞言，只是看著天空，也輕聲附和我剛剛的話：「希望。」

「你們兩個怎麼跑來這了？」賀意氣喘吁吁的跑來。

「你在忙啊，所以就由我來幫春旭完成他的社團作業了。」我揮了揮手。

「講這樣？」賀意對言春旭說：「我有那麼沒義氣呀？」

言春旭聞言只是無奈的笑笑。

「欸，紀孟羽。」賀意突然叫了我。

「嗯？」

「妳……之後跟妳哥哥相處還好嗎？」賀意支支吾吾的說：「雖然那一天我是真的有點看不過去，但我其實也沒有要破壞你們兄妹感情的意思。只是想讓他知道妳的心情而已。但好像有點雞婆了。」他搔了搔頭，似乎還因為那天的事情感到愧疚。

「還好啦，沒有交惡。」我微笑的說：「我能明白你的意思。沒事的。」

「下次有機會，你們再來我家坐坐吧。」最後我如此對他們兩個說。

這時下課鐘聲響了，社團課也結束了。

我原本要離開，結果發現他們沒有跟上來。

轉頭一看，我愣了一下，也開始陷入迷惘。

這回不只是言春旭，連賀意也對我露出那溫柔似水的眼神。

突然間，我明白了一件事情。

我們三個，不可能永遠只有同命感跟友情。

可是，如果真的發生了這樣的事情，面臨選擇是不是會使對方的關係都回不到從前呢？

我瞬間感到害怕，於是低頭先快步離開。

暫時離開他們的視線。

那時候，我一直認為，只要他們都不說，那就沒事。

很多事情不說破，是能過且過的。

何況他們之間的羈絆如此的深，不是我能說介入就能介入的。

因為說出口了，不論是什麼的答案，必定會像一個斷掉的天秤，永遠維持不了平衡。

早該發現了，一切的開端，就是從那時候悄悄開始。

今天下午有一場籃球班際比賽，我們班是第一個上場的，我跟言春旭就坐在最上面的長椅上，等待著比賽的開始。

「你要幫賀意拍照是嗎？」我問旁邊帶著相機的言春旭。

「是啊，因為這是班際比賽，我們攝影社的要拍幾張相關的照片，到時候是要放在學校網站跟公佈欄上的。」言春旭微笑著說。

「所以這就是你們攝影社的工作？」

言春旭微笑點頭。

「看來，攝影社的工作也不輕鬆。」我說。

「我覺得還好。」

正當我跟言春旭在閒聊的時候，坐在前面的楊兆瑩微微偏頭，似乎在聽我們說話，看了有點不是滋味。

然而楊兆瑩察覺到我在看她，於是她把頭轉了回去。

「怎麼了？」言春旭小聲的問我。

「她從剛剛好像就一直在偷聽我們說話。」我微微皺眉，「有點不是很不舒服。」

「妳難道不知道嗎？」

「知道什麼？」

「她喜歡賀意。」

我訝異的看向言春旭，問：「賀意知道嗎？」

「我沒有跟他講。」他回答。之後他又笑著說：「不過很明顯，相信賀意應該有發現，只是不想去管。」

這時體育老師的哨聲響起，言春旭拿起了他的相機，而賀意在場上蓄勢待發的樣子，微微牽動了我的心。

比賽一開始，賀意在一開場就直接三分球進籃框，當下贏得我們班跟一些女孩子的喝采。

連我也看的目不轉睛。

穿著球衣的賀意，此刻在我眼中居然如此的耀眼，使我的目光也追隨著他。

下一秒，我控制不住自己，把手圈在嘴巴邊，奮力喊：「冒失鬼！加油啊！」

然而這一喊，我看到賀意頓了一下，之後回頭看向聲音的來源。

不偏不倚，就這樣跟我對上。

我還瞥見言春旭放下相機，看向我的眼神，還有楊兆瑩直接回頭看著我的目光。

但我此刻不想管。

因為我看到的，是跟我對到眼的賀意。

我們都有發現，只是我們都不去管而已。

所以，後頭才會導致發生那麼多的事情。

「妳有幫我加油，我有聽到。」比賽結束後賀意回到班上就馬上找我跟言春旭去福利社。

「你是我們班的，當然要幫你加油啊。」我說。

言春旭都只是微笑站在一旁，不過走沒幾步，他就走在我們後面了。

「春旭，跟上啊？」賀意轉過頭，而我也是。

看著言春旭的舉動，還有他的神情，突然讓我很慌、很迷惘。

「三個人走一起，會太擋路。」言春旭笑著說。

「哪會啊！」賀意皺眉的說。

於是我故意停下來，兩個男生都愣住了。

「不然你們兄弟一起走，我走後面。」我笑著說。

言春旭跟賀意還是很狐疑的在原地看著我，於是我推了他們兩個的背，說：「走了走了，到時候福利社人太多又要人擠人了。」

他們兩個雖然有點疑惑我的做為，但也還是乖乖的往前走了。

看著他們兩個的背影，我深吸了一口氣，之後微笑的跟在他們後面。

也許，這樣就夠了吧……

從合作社回來之後，我們三個剛好在樓梯口聽到了楊兆瑩的聲音：「我說過了我不喜歡你！」

楊兆瑩跟我們班另一個男生林子祥就在那裡，我看到楊兆瑩對他露出困擾的表情，然而大家都知道，林子祥從高一的時候就很喜歡楊兆瑩，但是她對他沒有感覺，無論林子祥如何對獻勤她還是無動於衷。

然而林子祥也是跟賀意同一個社團的。

以往我看到都會覺得這跟我沒有關係，但是現在不一樣了，我看向賀意，他也看到這一幕。

「繞遠路吧，」賀意搔了搔頭：「不然走過去還挺尷尬的。」

我跟言春旭同時點頭，也同時轉身離開繞了別條路走到教室。

不過我以為事情就在那一天就結束了。但是我發現好像是我想的太過天真。

楊兆瑩居然從那一天的隔天起，都找機會跟賀意講話，有時候還會故意把我跟言春旭隔開，每當這樣，林子祥都會用憤怒的眼神看過來。

我還記得之前班上有同學問我，賀意跟言春旭，我會喜歡哪一個？

那時候剛好在幹部訓練，賀意跟言春旭都剛好不在。

我那時候回答了兩個都不是我的菜，不過他們都是我的好朋友。

當時我以為這樣說，就能完全隱藏我真正的心情。

但就算隱藏，這句話卻也是真心。

他們兩個，確實是我能交付真心的朋友啊。

下課時我拿著水壺出去裝水，剛好遇到了從廁所出來的楊兆瑩。

「我問妳。」楊兆瑩叫住了我。

「什麼？」

「賀意跟言春旭，妳難道都沒有對其中一個人動心嗎？」她犀利的看著我。

「我有必要告訴妳嗎？」我微笑的問。

「是沒有那個必要，但有一件事，我確實有必要告訴妳。」

我看向楊兆瑩，她的嘴角微微揚起，說：「既然妳不喜歡賀意或者是言春旭，那就拜託，不要把他們兩個綁在妳身邊，長得漂亮又如何？這種做為在我眼裡，」她搖了搖頭，又笑著說：「跟綠茶沒有兩樣喔。」

「我喜歡賀意，所以我會去追求他。」楊兆瑩在我耳邊小聲說：「妳對他沒有那種感情，那還是保持點距離吧。綠茶這個綽號可不適合妳。」

她說完不等我回應就逕自轉身走人。

而我看著逐漸升高的水位，發呆著。

回家時我躺在床上，同時也在思考今天楊兆瑩對我說過的話。

她並不知道我會跟言春旭跟賀意親近的原因，但她也說的對，既然我只是把他們當朋友，那我是不是真的要對他們兩個保持距離呢？

可是、可是……太多的可是，使我的心情更加迷惘跟鬱悶。直到睡著。

最終面對林子祥繼續的死纏爛打，使楊兆瑩按捺不住，終於在班上爆發。

「要我接受你，下輩子吧！」楊兆瑩憤怒說道。

說完，楊兆瑩高傲的轉身回到位子上，而林子祥覺得自己面子掃地，居然把他的椅子踹倒，然後離開了教室。早自習突然發生這樣的事情，讓大家有點錯愕。

「賀意，」下一節音樂課，楊兆瑩笑吟吟的走來，跟剛剛和林子祥對槓的樣子截然不同：「走吧。」

賀意看了她一眼，之後冷冷的說：「抱歉，我一直都是跟春旭還有紀孟羽一起行動的。我跟妳不太熟。」

聽到賀意這句話，我居然想哭。

「當然知道你跟我不熟啊。」楊兆瑩笑著說：「這樣吧，如果我說我有事情要跟你說呢？可能要請他們兩個迴避一下了。」說完，她冷冷的看向我跟言春旭。

賀意顯然不想跟她獨處，我原本要開口，言春旭卻說：「我知道了，我們先走吧。」

說完，言春旭便拉著我的手先離開教室了。

「春旭！」走到了一樓，我們的手放開之後，我不解的看著他，說：「你沒發現賀意他其實……」

「我知道。」言春旭打斷我，接著冷靜的說：「但這件事情我相信賀意會處理的很好。妳剛剛沒有發現嗎？楊兆瑩對妳有很大的敵意。」

「賀意不會喜歡她的，所以當然也不會接受她。」言春旭微微笑著，說：「也許這樣，就能跟以前一樣了，是吧？」

聽到這句話，我的心微微一顫。

『也許這樣，就能跟以前一樣了，是吧？』

是吧？

但是也在那一天過後，楊兆瑩再也沒有來找賀意。

「賀意，聽說你是養子，對吧？」

有一天，林子祥突然這樣問賀意。

班上的同學，還有我，都錯愕的看著林子祥。

「林子祥，現在是早自習時間。」我率先開口。

「我不是在問妳。」林子祥冷笑。

他緩緩走來，說：「酒家女的小孩，居然還能那麼受歡迎，連我喜歡的人也喜歡著你。」

說完，楊兆瑩微微轉過頭，沒有反應。

賀意聞言，居然立刻站起身，直接揍了林子祥一拳。

而我跟言春旭見狀趕緊上前拉住賀意。

林子祥不甘示弱，他站起身也要回敬賀意時，我當下擋在賀意面前，林子祥看到我，立刻停手，他的拳頭也就停在我眼前兩公分。

「紀孟羽！」我聽見賀意跟言春旭的叫喊。

「夠了，林子祥。」我說：「請你也不要拿這件事情來開玩笑。真的不好笑，而且顯得你很沒品。」

「哼，我說的是事實。」林子祥哼了聲。之後瞪著賀意轉身離開。

班上的同學都裝作沒有事情的繼續做自己的事情，但我都有看到，他們看向林子祥的目光都是鄙夷。

拿別人身世開玩笑的人，真的很沒品，我氣憤的想。

第一節上課，我們三個都翹課了。

其實也沒有翹去哪，我們三個都不想在教室面對這麼尷尬的氣氛，於是我帶他們兩個來我社團的教室坐著。電影欣賞社的教室大而寬敞，除了社團時間，平常都沒有人使用。

「我真的是不知道，他到底為什麼會知道這件事情。」賀意嘖了聲：「而且我都拒絕楊兆瑩了，他為什麼還要這樣搞針對？」

「我記得，你們不是同個社團的嗎？」言春旭問道。

「是啊。」

「我聽說，他的家庭背景很嚴格，在學校表現的不亮眼，在家似乎會被看不起。」這回是我說：「加上楊兆瑩的事情，所以我想，他可能對你是嫉妒吧。」

「嫉妒個屁。」賀意翻了白眼，看起來還是很生氣。

「以後他說什麼，你就不要太在意了。」言春旭說：「跟那種人計較也只是在浪費時間。」

而我聞言也認同點頭。

「雖然我沒有要特別隱瞞我的身世，但我覺得這個人真的有病。」賀意最後這樣說。

事情過後的一個禮拜，雖然林子祥有意無意都在諷刺賀意，但多少也都有同學看不過去說了他幾句。

「別嫉妒人家人緣比你好。」

我都聽到這樣的話語。然而林子祥也成功的被堵住嘴。

第四章

「紀孟羽！」午休的時候，有一個人奮力的把我搖醒。我起身揉了揉眼，定睛一看，竟然是楊兆瑩。

「有什麼事情？」我問。

「賀意跟言春旭不知道被林子祥帶去哪裡了！」楊兆瑩著急的跳腳：「我去阻止一定沒用，林子祥那個人真的是瘋了！」

罪魁禍首不就是妳嗎？

我差點說出這句話。

但是最後我沉住氣了，我冷靜的問：「那他們往哪個方向離開？」

「往廁所那裡！」

聞言我立刻起身離開教室，隱隱約約還聽到楊兆瑩在後面說：「妳等我一下啊！」

我不管這些，現在最重要的就是找到他們！

樓梯口聚集了一些人，見狀我頭皮發麻，心中升起不祥的預感，我奮力推開人群，心裡希望不是他們兩個。

大家看到我，我聽到有些人說：「賀意的女朋友來了。」

我裝作沒聽見，下一秒我看到的場景，使我愣在原地。

林子祥被推下樓梯昏迷了過去，然而，言春旭倒在地上痛苦的按著肩膀，賀意著急蹲在他身旁。

我馬上知道為什麼言春旭會受傷了，我看見旁邊有一攤水，而且在地上的水還在冒煙，那是熱水啊！

熱水是可以燙死人的，是誰那麼殘忍啊！

「別在這邊看，回去教室！回去！」這時教官趕來了，他看到眼前的狀況，也嚇了一跳。

被教官驅趕的人群中包含了我，這時賀意跟我對上了眼。他無助的神情使我心如刀割。

這時眼淚從我眼裡流了出來，我才發現原來我已經哭了。

我怕，今天過後，所以的事情都會改變。

但我更怕賀意跟言春旭出事情。

「紀孟羽……」這時楊兆瑩趕來了，她有點擔心的問我：「賀意他……會不會被記過啊？」

我沒有回答她，我甚至連看都沒有看她一眼，就轉身走回教室。

即便下午的課我沒有心思在上。我一直都在等著放學的到來。

即使大家這段時間都過來問我知不知道賀意跟言春旭的狀況，我都無法回答。

因為我自己也不知道！我也比任何人都還著急！

放學時刻，我原本要打電話給賀意，結果他卻先打來了。

我馬上接了起來：「賀意！你還好嗎？春旭呢？他也沒事吧？」

電話另一頭鴉雀無聲，只有醫院其他人的交談聲。

讓我想起了之前在醫院，送走奶奶的場景。

「賀意！」我急了，「拜託你不要這樣，說話好嗎？這樣我會怕！」

「都沒事，妳放心。」賀意最後這樣說。

「真的嗎？」

「嗯，只是春旭的燙傷有點嚴重，需要休養。我知道妳會打來，所以我想說，那我就先直接打給妳吧，醫院就是之前我們去的那一間。」

說完，便聽到賀意掛了電話。

空虛的嘟嘟聲，讓我的心情很是不安。

我從來……沒有聽過賀意如此冷淡的聲音。

『對方只要跟對自己往常不一樣，而妳因此在意而不安，也開始害怕，那就代表妳很重視這個人，也代表妳喜歡他。』

突然間，我想起了那一晚姐姐對我說過的話。

我能明白此刻賀意的心情，我也能體諒。

只是……

當真的遇到了像姐姐說的情形，我居然如此的不安。

我在意賀意嗎？

其實，我也一直在想這個問題，我當然在意啊，但是要再往更深的情感想時，我腦海浮現的，是對著賀意笑的言春旭，以及他們勾肩搭背的身影。

直到今天，我知道林子祥原本要對賀意潑熱水，結果言春旭卻衝出來擋了，賀意在極度憤怒之下，把林子祥給推下樓梯。

我騎著腳踏車，盼望著能趕快到賀意身邊。

那我說出口了，會不會改變？

當我走到醫院時，我便在急診室看到了賀意。

然而在他對面站著一個女人，她塗著紅唇，氣勢高傲的對賀意罵：「你給我離春旭遠一點，我早就知道你不安好心，你自己在那邊做亂就算了，為什麼要拖春旭下水？現在你看看，春旭因為你，肩膀被燙傷了！」

賀意從頭到尾都低著頭，沒有回話。

最後那個女人瞪了他一眼，便轉身走人。

賀意這時抬起頭，便直接跟我對上了眼。

「妳來啦。」他微微笑著，笑得我心好痛。

賀意朝我走來，他對我露出哀傷的微笑，說著令我無法接受的事實。

「我跟春旭，要轉學了。」

這晴天霹靂的消息使我愣在原地，我鼻頭一酸，說：「就因為今天的意外？可是那不是你們的錯啊！是林子祥的錯！」

「林子祥的腦震盪是我引起的。我會被記過。可是春旭……」賀意仰頭，看著醫院的天花板，說：「他原本不能來讀這所高中的，他原本是要唸他爸為他安排的貴族學校，那是他求了很久，才可以來這裡跟我一起上學。」

「所以……言春旭他就是因為你才來讀這裡，是嗎？」我愣愣的問。

「對。如今……」賀意雙手埋進手心，哽咽的說：「如今我卻害了他走回被他父親安排的路上，他父親這回態度強硬，要他轉去貴族學校。」

「……所以你也要離開是嗎？」我馬上掉了眼淚，但也隨即抹掉。

「因為我親手葬送了他的未來，從此，他不能再隨心拿相機，他再也無法為自己做決定。而我還有什麼臉，繼續待在我想要的學校？」賀意紅了眼眶，繼續說道：「反正學校給我兩條路，一是轉學，二是記過，當然，林子祥也會被記過，不過是我下手比較重，相對的懲處也會比較重。」

「那我呢？」我忍不住哭了，「你們走了，我怎麼辦？你離開了，我怎麼辦？」

賀意看了我，原本抬起手似乎想摸我的頭，但是最後，他把手收了回去。

「紀孟羽，我們有時候真的完全無法做選擇，不論選了什麼……」賀意哽著嗓子：「都回不去了。春旭的傷、春旭的未來，都是我造成的。」

「賀意！」我不想再忍了，我想跟他說，我一直以來對他的感情。

「紀孟羽。」賀意這時也打斷了我，接著微笑的對我說：「謝謝妳，出現在我生命裡，我跟春旭，都很感謝妳。」

我按捺不住，淚流滿面，此刻哭到居然連話都說不出來。

還沒來的及說的心意，我卻已經知道了答案。

言春旭跟賀意，之間的羈絆是一輩子的。

而我，只是他們的過客。

我明白了。

心再怎麼痛，但我確實也能明白賀意的選擇了。

我緩緩站起身，看著賀意身後的走廊，微微笑著，說：「幫我跟春旭問好。」

賀意抬眸看我，眼神閃過一絲的複雜，但最後，我只聽到了：「嗯。」

此刻的堅強全數瓦解，我現在才知道自己有多麼的膽小很迷惘，在眼淚再度掉下來之前，我率先離開了醫院。

但是走出了醫院門口，我再度回頭，很想再跑進去見他。

可是，一切都變了，比我想像中的還要快、還要更無法收拾。

天秤，終究還是斷了。

言春旭跟賀意果然真的轉學了。看著昔日他們坐在一起的位置，我緊抿著唇，不發一語。

我不在乎自己獨來獨往一個人，而是當自己已經習慣了他們的存在，但是他們離開之後，那份孤寂感也快淹沒了我。

自己上課、自己吃飯、自己騎腳踏車回家，這些都是很平常的事情，如今，我卻像行屍走肉般，失去了重心。

「紀孟羽。」楊兆瑩走來我位子旁，她轉了轉眼珠，說：「妳，還好嗎？」

我戴起了耳機，佯裝在看書。

「我知道妳還聽的到，」楊兆瑩握緊了拳頭，問：「賀意他真的離開了嗎？妳知道他去哪了嗎？」

從她口中聽到賀意，我就想到因為她，所有事情都是因為她而起，要不是她，賀意根本不會走，言春旭也是！

我拔掉耳機站起身跟她平視，冷冷的回：「我不知道。」

「我再問一個問題。」正當我要離開教室時，楊兆瑩又叫住了我。

「妳到底喜不喜歡賀意？」她問。

「……這很重要嗎？」人都離開了，我說喜歡很重要嗎？

我喜歡他啊，可是……他選擇了會一輩子都會跟著他的言春旭。

「妳到頭來，還是在玩弄他吧？賀意他說他喜歡妳！」楊兆瑩心痛的說出這件事情。

我愣在原地，也握緊了拳頭。

「而妳呢？卻一直在他身旁圍繞，卻也不說妳喜歡他！」楊兆瑩這一吼也引來了一些同學的注意。

「妳懂什麼？」我冷冷的回。也克制自己內心的怒火。

我們三個之間的羈絆，妳最好能明白？

看著眼前的楊兆瑩，將來林子祥出院回來學校上課，我也無法再用以前的心態面對他們了。

同進退，是吧？

那好，我也不想待在這裡了。

我離開教室，反正現在學期也即將進入尾聲，我走到學務處，從櫃子拿出了一張申請表。

那是轉班的申請表。

有一天中午我吃完午餐，收到了賀意的簡訊。

『我在門口。』

於是我趕緊丟下東西立刻奔向校門口。

因為一路都用跑的，導致到達目的地時我有點跑的上氣不接下氣。

「妳怎麼用跑的？我又不急。」賀意穿著便服，看到我這樣子跑來失笑著說。

我怕你不見。

我心裡如此的想。
「最近好嗎？」賀意問。
我頓了一下，之後說：「我要轉班了。」
賀意聞言愣了一下。
我微微一笑，沒有你們，那一班我也待不下去了。
「我搬家了。所以下學期開始，我也要到新學校報到上課。」賀意說。
我深吸一口氣，之後微笑點頭，問：「那你今天找我，有什麼事情嗎？」
沒想到，這一見，我們居然變得如此生疏。
生疏到讓我想哭。
「送妳一個禮物。當作是離別禮物吧。」賀意拿出了一個小盒子，笑著說：「看到的第一眼，我想到了妳，於是買了下來。想說在離開前，送給妳。」
我愣愣接過他遞過來的小盒子，我一直拿在手心，沒有打開。
「打開看看呀。」賀意說。
聞言我也照他的話，緩緩打開盒子。
發現裡面躺著一條星星的項鍊。在陽光照射下閃閃發光。
「好漂亮。」我讚嘆著。鼻頭也逐漸酸了起來。
「喜歡就好。」賀意也勾起嘴角。

在我開口前，賀意專注的看著我，說：「那我先走了，希望妳永遠可以快樂。我最美好的青春。」

我微微啟唇，千言萬語哽在我喉間，什麼話都說不出口。

賀意，不要離開好嗎？

不要轉學好嗎？

儘管我心裡如此懇求。

『都回不去了。春旭的傷……春旭的未來，都是我造成的。』

『因為我親手葬送了他的未來，從此，他不能再隨心拿相機，他再也無法為自己做決定。而我還有什麼臉，繼續待在我想要的學校？』

『謝謝妳，出現在我生命裡，我跟春旭，都很感謝妳。』

但是，我知道，我無法留下他。

能留下的只是回憶。

看著他緩緩轉過身的背影，我的眼淚落了下來。

我們，有些時候真的無法為自己做選擇。

等到賀意真的離開了我的視線之後，我按捺不住，蹲在校門口痛哭失聲。

手中的盒子也因此被我握的很緊……

轉班很順利，一開始拿著單子給原班的班導簽名，開學之後我便被教務處安排到十一班。

其實我就是從在功課比較好的班級，轉到了普通班級。

我是覺得，只要自己有心想讀，轉到哪裡都一樣。

離開了原先的班級，除了不想再看到楊兆瑩跟林子祥，還有以免在原班，我還會一直想到賀意跟言春旭，過往的回憶也會排山倒海的襲來。

他們消失了，完全人間蒸發。

他們也刪除了通訊軟體的帳號。

原來，人與人之間的聯繫，是那麼的薄弱。

然而在新的班級，由於教室離的很遠，所以新同學都不太清楚我在之前班級的事情，有些同學還很好心，協助我早點適應新班級。

直到有一天。在九班的施又珈突然過來找我，我印象中，我們雖然同個社團，但很少有互動。

「妳知道賀意最近的狀況嗎？」結果她一開頭突然問我這個問題。

而我搖頭。

「我是知道他已經轉學，也搬了家，不過他是搬到我外婆家附近，之前看你們感情很好，想說妳知不知道？」施又珈又問。

「我不知道欸，」我好奇的問：「怎麼突然問我這個？」

「沒啦，只是好奇你們有沒有再聯繫，畢竟之前我跟賀意是國中的補習班同學，結果我問了他他卻說沒有跟妳聯絡，你們是吵架了嗎？」她問。

我微笑搖頭。

「妳想見他嗎？」

而我頓了一下。

「我可以幫妳約他出來。」

「妳……為什麼願意幫忙這個忙？」我疑惑的問。

「沒啊，只是覺得你們感情那麼好，現在卻沒有聯絡，之前就有傳聞了，妳跟賀意疑似在交往。」

「……」現在聽到賀意這個名字，我的心依舊因為他而逐漸漣起了漣漪。

說不想他，是騙人的。

真的是騙人的。

我一直以為只要轉班，不要接觸到以前的人事物，就會隨著時間而淡去。

「要嗎？紀孟羽。」施又珈又問。

「……我考慮看看，之後再跟妳說。謝謝妳。」我語帶保留的說，手中也逐漸握緊掛在頸部上，那條星星的項鍊。

「孟羽！」當天晚上姐姐一如往常的進來我房間。

「姐姐，」我拔下耳機，微微笑著：「今晚要睡我房間嗎？」

「好啊！順便跟妳說一件事情。」姐姐進來按摩我的肩膀：「明天是假日，爸媽說要帶我們三個一起去海邊散心。」

「好啊，最近天氣也開始變熱了呢，去海邊玩剛好消暑。」我笑著說。

「對啊，暑假妳也不輕鬆呢，因為要升高三了。」姐姐說完還抱緊了我，說：「再過一年妳也要讀大學了，好快。」

「我可以跟姐姐唸同一所大學呀。」我說。

「孟羽，雖然姐姐有點捨不得妳長大，但是，大學一定要認真選，照妳想讀的方向去讀，知道嗎？」姐姐正經的說。

「我知道，」我拍了拍姐姐的手臂，說：「我有事先查過姐姐的大學，我發現那間學校的風氣還有科系都不錯欸，而且又離家近。這樣考上了，剛好也可以省住宿費啊。」

「妳還真會精打細算。」姐姐笑著說：「好啦，早點睡，今晚我就睡在這，明天還要早起呢。」

「嗯。」我微笑點頭，之後跟姐姐一起躺在床上熄燈睡覺。

『妳想見他嗎？』

『我可以幫你約他出來。』

我看見一個穿著白襯衫的背影，此刻他站在櫻花樹下。

我原先遲疑的站在原地，之後決定往前走。

那個人一轉過身，我的目光就不動了。

是賀意。

我朝思暮想的人。

我趕緊奔上前，緊緊的抱住他，此刻只有我們，我無論如何，這一回，要把我的內心話告訴他。

櫻花飄落了下來，但我抬頭一看，發現賀意不見了。

「賀意！賀意！」我慌張的四處亂走，我發現四周逐漸變成白色，連原本飄落的櫻花以及櫻花樹，都逐漸消失。

「不要！不要消失！」我大喊著。

「不要消失！」我馬上睜開了眼睛。

看著漆黑的房間，以及睡在旁邊的姐姐。我立刻明白，是夢。

是夢啊……

看著掛在頸部的項鍊，我緊緊的握著。

「孟羽？」一旁的姐姐看到我坐起來，她揉了揉眼睛，也跟著我坐起來。

「做惡夢了嗎？」她溫柔的問，而我搖頭。

看著我緊握著項鍊，姐姐瞭然於心，問：「又想起他了嗎？」

見我還是不說話，姐姐抱住了我，說：「孟羽，我知道當初發生的事情了。妳何不妨哭出來，不然妳一直憋著，我看了也很難過啊。爸媽明天要帶我們出去玩還有一個用意，就是希望能讓妳的心情好一點。」

我看著天花板，但我知道，我的眼眶積滿了淚水。

「姐，」我哽咽開口：「我是不是很懦弱？」

「想哭就哭吧。」姐姐摸了摸我的頭。

『因為我親手葬送了他的未來，從此，他不能再隨心拿相機，他再也無法為自己做決定。而我還有什麼臉，繼續待在我想要的學校？』

儘管明白言春旭對於賀意的重要性以及羈絆，但是我的心，依舊很疼。

姐姐溫暖的安慰跟擁抱，使我的眼淚，又在黑暗中釋放。

希望，這次是我為他哭的最後一次。

我還是由衷希望他過的好。我也不曾後悔他的出現。

「如果還能有再見到他的機會，妳會把握嗎？孟羽。」姐姐在睡前，問了我這句。

我沒有馬上回答，不過在我翻身的時候，那條項鍊也垂了下來。

我看著那條項鍊，陷入了沉思。

一到海邊，姐姐開心的往沙灘上跑去，哥哥雖然沒有太大的表情，不過我也看的出來，他也想要藉由這次出遊來放鬆心情。
「你們幾個，要注意安全啊！」媽媽在後頭喊。
「好！」我跟姐姐異口同聲，說完便看著對方笑著。
「走吧！我們去玩水，順便去撿貝殼當紀念！」姐姐興奮的說。
「好啊。」說完我也看向在後面的哥哥。
姐姐見狀，也放大音量對距離稍遠的哥哥說：「哥！要一起來玩水嗎？」
哥哥這時跟我對到眼，原本我以為他不願意，結果他點頭了。
姐姐樂不可支，牽著我的手一起去海邊玩水。沙灘上留著我們鮮明的腳印。
「哥！」姐姐叫了哥哥，見哥哥轉過頭來她就往他身上潑水。
「喂！」哥哥左擋右擋，一邊擋一邊說：「妳故意的啊！紀孟慈！」
「哈哈哈哈哈！」我跟姐姐笑的好開心。
這應該是我這陣子以來笑的最開心的一次。
「孟羽！」姐姐這回也潑了我水，我也不甘示弱，用手撈起一些海水回敬回去，我們三兄妹因此玩了起來。
「救命！」
一陣稚嫩的聲音傳了過來。
我轉頭一看，發現是一個小男孩在水中掙扎。

那個小男孩痛苦的喊：「我抽筋了！」

我聞言愣了一下，之後趕緊上前去救他。

然而我也有聽到有人喊說要去找救生員，不過海灘上根本沒有救生員啊，找他過來說不定小男孩被捲走了！

「孟羽！我跟妳一起！」姐姐也跟了上來。

「姐！這樣太危險了。」我回頭對她說，之後轉頭對著離自己只有一隻手距離的小男孩伸出手，對他說：「拉著我的手，我帶你回去！」

小男孩看到我，便露出了放心的笑容，他趕緊回握我的手，但是在這個時候，他突然沉了下去，他的手在半空中揮啊揮的，竟然把我的項鍊給揮掉了！

「我的項鍊！」我大喊。看著項鍊在海面上浮載浮沉，且被捲走的速度也越來越快！

我心一急，想要上前要去撿回來。

這是賀意送我唯一的東西，無論如何，我都不能弄丟，一定要找回來！

「孟羽！」我聽見後頭姐姐的叫喊，我轉頭過去，但是下一秒，海浪朝著我們打來，我根本反應不急，整個人被捲了進去。

在意識模糊前，我看見賀意送我的項鍊從此游進了最深的海裡。再也，找不到。

如同我對賀意的感情。

在黑暗中，我聽見了大家叫著我，還有姐姐的名字。

對！姐姐呢？姐姐沒事吧？

那個小男孩呢？也沒事吧？

這時口腔突然湧出了一堆水，使我忍不住吐了出來。

眼睛緩緩睜開，但我卻躺在沙灘上，睜開眼，我就看到爸爸跟媽媽，還有哥哥擔心的表情，還有很多人在一旁圍觀著。

我還看到那溺水的小男孩，他害怕的縮在一旁，他的家人不斷的安撫他。

「她醒了！醒了！」其中一個人看到我醒來，開心的喊著。

「孟羽！」媽媽哭著摸我的臉。

我沒有力氣說話，目前只有聽覺是沒有遲鈍的，只是，我聽到了有人說：「可是另外一個人還昏迷不醒。臉色很蒼白！」

「叫救護車啊！」

「叫了！馬上就到了！」

另一個人……是誰呀？我想轉頭過去看，卻完全使不上力。

我還沒來的及看到躺在我身旁的人，我又失去了意識。

再度睜開雙眼時，我看見一片的白。

天花板是白的，牆壁也是白的，四周的白瞬間似乎壓迫到我的視覺神經，使我忍不住瞇起眼。

這裡是哪裡？

「孟羽？孟羽看的到爸爸嗎？」下一秒，我就聽見爸爸的聲音。

稍稍轉頭過去看，爸爸驚喜的神情映入我眼簾。

看著爸爸的臉，我突然想到，在眼睛閉上之前，我是在沙灘上的呀。

小男孩、項鍊，最後，是倒在我旁邊的人。

姐姐不在這！

我猛然坐起身，嚇了爸爸一跳。

「孟羽，妳……」

「姐姐呢？」我抓住爸爸的手，著急的喊：「姐姐呢？她在哪？我要去找她！」

面對我一連串的問題爸爸趕緊安撫我，說：「妳不用擔心，妳姐姐她……」

「我要去找她！」

「孟羽，妳現在身體還很虛弱，晚一點，好嗎？」

「我現在好很多了！」我作勢要下床，爸爸阻止了我。

「爸！姐姐她……是因為才會出意外啊……」我哽咽的說：「如果不能確定她平安無事，我無法原諒自己，永遠。」

爸爸見拗不過我，深深嘆了一口氣，之後緩緩點頭，扶著我走出病房。

我吃力的走著，心裡一直迫切能趕快看到姐姐。

希望看到姐姐時，她還可以跟以往一樣，笑咪咪的對著我開玩笑，明知道我怕癢，但也還是會找機會騷我癢，雖然我常抱怨這樣真的很癢，但是我知道，這是她愛我的表現。

我這輩子沒有朋友沒關係，我有姐姐就夠了。

我一直都是這樣想的……

走到姐姐的病房外，我抬頭看著上面的字。

加護病房。

裡頭都是醫護人員，姐姐全身插滿了管子，看的我心好痛、好痛。

我上前走近那片可以看到姐姐的玻璃，此刻我們只能透過玻璃來看她。

我呼喚著：「姐姐……」

裡頭儀器的聲音，蓋過了我的聲音。

姐姐被那麼多管子插著，那一定是我想不到的痛。

「妳來幹什麼！」

聽見這句話的下一秒，我立刻被人推倒在地。

哥哥紅著眼，剛剛說這句話的人就是他。

「孟哲！不要這樣！這不是孟羽的錯！」爸爸趕緊拉住他。

「不是她的錯，是嗎？」哥哥冷笑著，我第一次看到這麼冷的笑容出現在他臉上，他指著我，說：「要不是她多事去救那個溺水的人，孟慈會跟去嗎，剛剛醫生說過了，孟慈傷到腦部，起來可能無法恢復到以前的狀況，紀孟羽能夠負責嗎？」

我聞言，愣愣的看著哥哥，喃喃的說：「真的嗎？」

「我騙妳幹嘛？」哥哥此刻看我的目光，是深切的恨意，他說：「妳毀了孟慈的人生。是妳！都是妳！」

「妳有什麼資格站在這裡！」哥哥最後對我咆哮了這句話。

「孟哲！」爸爸跟媽媽同時厲聲喊。

「請你們家屬在外面安靜一點。」裡頭一個護士出來嚴肅的說道。

哥哥瞪著我，我知道，這輩子他絕對不會原諒我。

因為我也無法原諒我自己啊！

都是我害的。

都是我！

「媽。我要搬出去。」哥哥深吸一口氣之後說道。

「為什麼？」媽媽訝異的問。

「我無法跟這個毀掉從小到大跟我一起生活的妹妹的人住在一起！孟慈是我的一半，她現在這樣，等於我的人生有一部分被她毀掉的！」哥哥連看都不看我，冷冷的說。

「孟哲！」媽媽皺眉著說。
「要是妳再反對下去，我連妳這個媽都不認。」哥哥冷著聲音說，語氣透露出真切的堅定。
「你這樣太過分了，孟哲！」爸爸難得慍怒了，他說：「孟慈會這樣，我相信在場的大家一定很難受，也不想要這件事情發生，你想想，如果孟慈醒來看到我們這樣，她會有什麼感受？」
「別跟我講這些，醫生不是說過了，醒過來智商退化的機率很大。不要再說些美好的屁話，這樣只會更難受罷了。」哥哥咆哮。
見狀況越來越無法挽回，此刻我心中有了一個決定。
「我知道你不喜歡我，」我吸了吸鼻子，哽咽說：「但是你再給我一年的時間。」
「孟羽，妳要做什麼？」媽媽錯愕的問我。
「再一年我就要讀大學了，到時候，我會離開這個家，不會讓你們因為我而難過。我真的很抱歉，姐姐變成這樣，都是我害的，對不起……」說完，我便哭了起來。
流再多的眼淚都沒用，姐姐也不會因此好起來。
可是我很懊悔，也很後悔。
我恨不得現在躺在裡面的人是我。
為了不讓哥哥跟媽媽鬧革命，只有我離開，家裡的氣氛才會有好轉的可能。
賀意離開了，他送我的項鍊也在那片海中消失了。
姐姐從那天醒來之後，行為跟思想真的跟孩子一樣，媽媽成天以淚洗面，哥哥痛苦的樣子以及爸爸憔悴的模樣，讓我明白，我紀孟羽，沒有幸福的資格。

因為姐姐的未來是被我毀掉的，就像哥哥說的一樣。

熬過了高三這一年，我在學測成績還不錯，也順利上了一所好學校。

當我真正的告訴爸媽志願時，他們明顯愣了一下。

「妳要讀那麼遠的學校？」媽媽訝異的問。

而姐姐這時走了過來，她自從那次意外之後，也退了學，畢竟她這樣的狀況也無法再學習了。

「是啊，那所學校的資源比較好。」我淺淺的笑著。

「什麼？妹妹要離開了嗎？」抱著兔子娃娃的姐姐傷心的說。

姐姐也在那場意外之後，原本叫我孟羽的她，現在都叫我妹妹。

「嗯，妹妹要去讀書。」爸爸溫柔的說。

「我不要！」姐姐抱住了我，「我不要妹妹離開我！」

我看著此刻抱著我不放的姐姐，眼眶逐漸泛紅。

『我無法跟這個毀掉從小到大跟我一起生活的妹妹的人住在一起！孟慈是我的一半，她現在這樣，等於我的人生有一部分被她毀掉的！』

我抿唇，之後拍了拍她的手臂，說：「姐，我必須離開這裡。」

每當看到姐姐的狀況，我心都會痛一次。

而且我也跟哥哥約定好，高中一畢業就離開家。

幸好我要報的大學附近有親戚在那有租屋處，透過我爸的關係，我有了可以住的地方。

「孟羽，不要等到大學開學再離開嗎？」爸爸當時這樣問我。

我搖頭，說：「哥哥已經忍了一年，這已經是他最大的讓步了，我也必須……說到做到。」

我知道這一年來哥哥跟其他人相處的模式非常糟，這也是我的關係。

所以，我離開才是好的。

只是……

「爸。」我挽著他的手，「媽跟姐，就要麻煩你照顧了。」

同時，我也明白自己有多不孝。

但是目前的狀況，「離開」，才是最好的吧。

這是一年前的我絕對想不到的。

原本要唸姐姐的學校，要當她學妹的我，如今覺得自己沒有資格踏入姐姐原本的校園。

『因為我親手葬送了他的未來，從此，他不能再隨心拿相機，他再也無法為自己做決定。而我還有什麼臉，繼續待在我想要的學校？』

賀意當時對我痛苦的說出這段話，如今，我已經能夠明白了他的心情。

今天，是我住在紀家的最後一天，在這裡，我生活了十八年。

我站在陽台上，看著天空的星星。

突然，想念起高中的他們了。因為今天也是我高中畢業的日子。

你們，也過的好吧？賀意，言春旭。

儘管我這輩子很有可能不會再跟他們見面，但我由衷希望他們在未來，依舊可以過得幸福。

我也意識到，我失去的東西，也是滿多的呢。

先前施又珈有再來問過我，想不想跟賀意見面。

如果沒有發生那場意外，我想我會答應吧？

不過，現在這樣，我覺得我沒有什麼資格追求我的感情，我現在能做的，只有離開。

所以，我下定決心斬斷我對賀意的感情，不論我要多久才能真正放下他……

「妹妹！」

一大早我在整理我的行李，我看到姐姐探頭進來。我恍惚了一下，好像看到了以前她也是像現在這樣，總是好奇的探頭進來我在幹嘛。

「……姐？」我愣了一下，之後她跑了過來，抱緊了我。

「妳會不會回來？」她悶悶的問。

然而這一問，我的喉間像是被什麼哽住了，什麼話都說不出來。

也許在那時候，我就已經下定決心不打算回家了吧？

「妳一定要回來喔！我會想妳的！」姐姐之後笑著說。

「妳不恨我嗎？」回過神之前，這句話已經從我嘴巴裡脫口而出。

「恨？」姐姐用她無邪的眼睛看著我。

也對，現在的她跟孩子一樣的純真，怎麼可能瞭解到恨這個字呢？

「紀孟羽，是我最疼愛的妹妹！」姐姐從話一說，使我的心也痛了起來。

「……我並沒有妳說的那麼好。」我鼻頭酸了起來。

也許我之後不在，她就會遺忘我了。

畢竟現在的姐姐，現在滿腦子只有玩跟吃飯而已，跟真的小孩一樣。

「孟羽，走了。」媽媽上來叫了我，我從她眼中看到了不捨。

「媽媽，我也要去！」姐姐說：「我也跟妹妹去車站。」

「姐？」

「孟慈，妳在家好嗎？乖。等等媽媽帶妳去買衣服。」媽媽安撫著她。

「不要！我就是要跟妹妹去！」姐姐見媽媽不給她跟去，開始像要不到玩具的孩子一樣鬧脾氣。

看媽媽如此煩惱，我拉了媽媽的袖子，說：「讓姐姐跟吧。畢竟……」我沒有再說下去。

畢竟下次回來，也不知道是什麼時候了。

媽媽眼眶也泛紅，她輕聲問著：「真的只能這樣了嗎？」

媽媽摸了摸我的臉，哭著說：「你們三個孩子，我一個都不希望你們離開啊。」

聞言我也掉淚了，我哭著說：「唯有這樣，哥哥才會跟妳和好。再說，姐姐也需要你們。我相信我不在，姐姐可以過的更好。」

「我從來沒有怪過妳。」媽媽這回抱著我。

可是哥哥不會這樣想。但是這一次，我也認同了哥哥的想法。

只要有我在的一天，家裡的氣氛都會變得很差。

「媽媽，妹妹，不要哭，不要哭。」姐姐湊了上來，她張開雙臂，擁抱了我跟媽媽。

我抬頭看著姐姐，她溫柔的笑顏依舊還在，我深深的看著她，希望把這一刻她美麗的笑容，烙印在我心裡。

然而，姐姐的擁抱，也很溫暖。

我依靠在她手臂上，這也是我最後一次，可以依靠她的機會了。

「到了地點一定要跟我說，知道嗎？」在月台上，媽媽不放心的叮嚀。

「我知道。」我微笑的說。

「到了那裡，要跟我們視訊，好讓我跟媽媽可以瞭解妳居住的環境。」爸爸說。

「好。」我點頭。

這時火車已經駛來了，我深吸一口氣，之後微笑轉頭，對爸爸，媽媽，還有姐姐揮手說再見。

「一定要打電話，知道嗎？」媽媽仍然不放心的說。

「知道了！我啊，已經很期待新生活了喔！」我笑著說：「相信我，不用擔心我，我很快就能適應了！」

這些話不只是對爸爸媽媽說，同時我也是對自己說。

說完，我趕緊轉過身，以免思念的情緒又湧了上來。

踏進火車後，我人生即將進入另一個，連我也不知道的階段。

可是我沒有後悔的機會了。

火車門在我走進去之後在我背後關上，窗外的景色開始快速移動，火車開始行駛了。

我站在門邊，右手放在窗戶上，看著景色開始陷入迷惘。

但是，下一秒，我眼角餘光看到的景象，使我剛剛才建立起來的堅強，再度潰堤。

姐姐追著火車跑，一邊哭，一邊揮手。而爸爸媽媽在後面追著她，直到她停下。

「姐姐……」我的眼淚落了下來，我摀住嘴巴，努力不讓自己在火車上哭出聲音。

大伯的住處三樓是空的，透過爸爸的關係，我在這兒有了落角處，可以不用抽學校宿舍。大伯很和藹，還跟我說生活上有需要什麼都可以跟他說。大伯母也是，她也會熱情的邀我去樓下吃飯。小時候曾經來過大伯家玩，所以我對大伯以及大伯母不會說很生疏，不過他們的小孩年紀都比我大很多，如今已經出社會了。

在開學之前，我都會出門採買一些生活用品，也熟悉一下附近的環境，也順便在找打工，想說大學學費如此的貴，我也成年了，可以幫忙減輕家裡的經濟負擔。

生活過的如此，平淡。

然而每天也都會打電話給媽媽，跟她說我在這裡的生活。

「現在都適應的可以吧？」媽媽問。

「可以呀，大伯他們人也很好。」我一邊說一邊上網找尋打工資訊。

「有空可以回家看看。知道嗎？」媽媽此話一說，我的思緒頓了一下。

「嗯。」最後我只說了這個字，跟媽媽的通話也就這樣結束了。

從第一天來到這裡到現在，我努力的調整自己的心態，到了新環境，將來也不知道會面對什麼挑戰，不過也要像奶奶說的，保持樂觀。

我對著鏡子，笑了出來。之後也對著鏡子的自己心裡喊話：「要保持樂觀啊，不然每天都哭喪著臉，也是很醜呢。」

不過，要不是那一天發生的事情，我想，我也不會認識到住在我附近的人吧？

那一天我的睡衣被風吹到隔壁房子的陽台，而且還是很粉紅的那種。

我站在自家陽台上看著自己的睡衣飛到那邊去，我頓時覺得，老天，這是要尷尬死我嗎？

但是，還是要撿回來啊！那件睡衣可是我等了一個禮拜才到貨的欸！我多喜歡啊！

於是我硬著頭皮走到隔壁家裡，看著應門的人狐疑的看著我，我微笑著說：「我要找三樓的人，請問他在家嗎？」

「在啊。」那個人不疑有他，雖然對我有點警戒，但也還是放我進去了。

我走到三樓的房間，依照位子來看，那件睡衣大概是掉在這戶房間的陽台。

如果是女生住倒是還好，如果是男生的話……

紀孟羽！既然都來了，妳就別再猶豫了！絕對要把自己的睡衣拿回來！我在心裡說。

深吸了一口氣，我便敲下了門。

過了一分鐘，沒人來應門，怪了，是沒人在家嗎？

正當我要再敲看看第二下的時候，房門打開了。

不開還好，一開不得了。

來應門的人是一個看起來年紀跟我差不多的男生，可是重點是，他竟然裸著上半身（幸好有穿褲子）來開門！

他看到我，馬上露出驚訝的表情。

而我看到他的肉體立馬發出了驚恐的尖叫聲。

下一秒，他快速把門關上。

我到底是看到了什麼啦！我根本想不到拿個睡衣卻看到了別人的裸體，而且還是不認識的男生！

之後門再度打開，那個男生穿上了衣服。

「有什麼事情嗎？」他皺眉問。耳根子還紅著。

他在害羞什麼？現在該害羞的人是我吧？

可是重點不是誰應該要害羞，我打算速戰速決，趕快拿著我的睡衣離開這裡。

「我的睡衣，」我指著他身後：「掉在你家陽台了，讓我去撿。」
「想搭訕帥哥，這招會不會太老梗？」那個男生竟然這樣說。
我聽了差點翻了白眼，我之後正經的解釋：「沒有要搭訕，是我的睡衣真的飛到你這邊了。」
「妳住哪？」
「隔壁的建築物。」
見那個男生還是不太相信，於是我改口：「不然你跟我去撿。」
「我去幫妳撿。」
「欸欸欸欸等一下！」我趕緊上前拉著他，見他錯愕的看過來，我也馬上放開，我怎麼可能會讓他去撿那件睡衣。但是既然我的腳都已經踏了進來，於是我說：「給我三十秒！」
「喂！」
我趕緊跑到陽台，發現我用手勾不到那件粉紅色睡衣。
「粉紅色？」後頭傳來了那個男生的聲音，他先是訝異的看著我，說：「妳穿粉紅色？是要搞反差嗎？」
「要你管！」我瞬間覺得有點難為情：「你、你幫我撿啦！」
那個男生白了我一眼，之後拿起旁邊的竹竿，輕鬆的勾起我那件睡衣。
「粉紅色感覺就很有氣質。」那個男生喃喃的說。
「你對粉紅色的定義是這樣喔？」我接過睡衣，之後也不會忘記做人基本的禮貌，「不過，還是謝謝你啦，抱歉打擾了。」

我原本要直接離開，結果卻突然被他叫住。

「怎麼了？」我好奇的問，他朝我走近，定睛一看，這個男生長得滿帥的，眼睛大而明亮，身高也很高。只是第一印象給我的感覺是，自戀。

還是非常的自戀。

「很少有女生像妳這樣的，」他微微勾起唇角：「所以感覺有點有趣。」

「但我知道不會有任何女孩子聽到這句話會開心的。」我涼涼的丟下這句話便轉身離開。

轉眼間兩個月過去了，下禮拜開學，我去書店買一些文具用品，買完回到家的時候，遇到了突發狀況。

有一個人經過我旁邊立刻搶走我的皮夾，我愣了一下，之後追著他大叫：「你不要跑！你幹嘛拿我皮夾！」

那個人回頭看了我，之後便牽起路邊一台腳踏車快速離開藉以逃離現場。

我跑到他剛剛牽腳踏車的地方，這裡的腳踏車都是停一排的，而且感覺都沒有人騎，於是我也隨便牽一台，現在最重要的就是把我皮夾搶回來！腳踏車我之後再牽回來放！

我一路上窮追不捨，那個人看到我不死心的跟上，也越騎越快！

「給我停下來！」我一邊騎一邊喊，腳踏車也穿過了大街小巷。

騎到一個巷口，我看到了兩個男生，其中一個擋下了那個人的腳踏車。

那個人趕緊煞車，他回頭看我一眼，之後把我的皮夾丟到一旁，接著又快速騎走了。

擋下那個人的男生彎腰拾起我的皮夾，我說了句謝謝，但看到對方，我登時愣住。

因為他就是上次那個怪鄰居！

他似乎也認出我了，但是他說：「那個人我不認識，可是我知道他，他是附近的扒手。要抓他嗎？」

「當然要啊！」我不假思索的說：「小偷就是要抓起來！這次如果沒抓到，他下次一定還會再偷東西！」

「很好，走，我帶妳去抓小偷。」那個男生手插口袋，倒是旁邊一個看起來是跟班，身材比那個男生還圓潤而頭髮帶點捲毛的男生問：「亨淨啊，你真的要去抓喔？」

「當然，我是有在做好事的好嗎？沒聽說日行一善嗎？」那個男生的名字原來叫「亨淨」啊，感覺也太有氣質了吧？

結果他自己也是一個很反差的人啊！我在心中吐槽。

「快啊！」他叫了我，也意示要我坐上後座。

但是這時，以前的畫面出現在我腦海。

那就是賀意騎著腳踏車載我去醫院看奶奶的畫面。

「小姐，」那個捲毛男在我眼前揮了揮手，問：「要去抓小偷嗎？」

「要、要啊。」我猶豫了一下，之後才坐上後座。

在他騎著單車的時候，回憶隨即排山倒海的襲來。

明明是不同的時間，不同的地方，甚至載我的人也是不同的人。但是，感覺卻是一樣的。

經過了一座橋，我發現我們快要追上那個人了。

「快追到了快追到了！」我拍了拍那位名叫亨淨的背。

「我知道！妳不要一直拍我！到時候翻車不要怪我！」他也喊著。

這時那個人突然停了下來，而我們這台腳踏車也隨即煞車住。

不過可能是亨淨煞車太猛，我跟他也因此重心不穩，直接往旁邊的河邊滾過去，但因為是斜坡，下去的速度太快，快到我根本來不及抓個東西阻止，跟我一起滾下去的亨淨也是如此，我們兩個就因此掉進河裡。

我破水而出，幸好這河水不深，可是衣服跟牛仔褲的重量讓我差點沉下去，這時好像抓到一個東西，我一直用手壓住維持身體平衡。

然後被我壓住的東西突然也破水而出，我緊張之餘也一直拍打水面。

「妳、妳一直壓我的頭，是要害我淹死是不是？」亨淨一邊咳一邊大吼。

「我哪知道那是你的頭！」我一直在水中跳，解釋著：「我的牛仔褲，很重！」

「妳還跟我說這個！」他又吼：「我身上這件衣服是我打工好幾個月存來的欸！我才穿第一次，就第一次！就這樣跟妳泡在水裡！」

「泡在水裡又怎樣啦！」我一邊掙扎一邊說：「回去再洗啊！我的衣服也很新好嗎！」

「顧亨淨！」上面傳來一個聲音，勉強往上一看，是剛剛那個捲毛男。

「阿丁！我在這！」他說。原來他全名叫做顧亨淨。

「我也在這！」我也對阿丁喊著，阿丁看到我們兩個都在水裡，於是趕緊下來。

「你們兩個怎麼都掉進河裡？」阿丁傻眼的喊。

幸好有阿丁，我跟顧亨淨才能順利的上岸。

這下不但沒抓到那位小偷，甚至還搞的一身濕！

「噗，亨淨，」阿丁噗哧一笑，之後指著顧亨淨，笑著說：「你新買的衣服，想帥都帥不起來了，哈哈哈哈哈。」

「你還笑！」顧亨淨上前踢了阿丁的腳，之後他指著我，說：「要不是……」

「要不是什麼？」我雙手插腰瞪著顧亨淨。

「要不是……！」顧亨淨用力把手放下，之後說：「算了，帥哥不跟女生計較。」

「自戀狂！」我喊完之後便直接往上走，打算牽起腳踏車物歸原主。

「不會說謝謝是不是啊！阿丁也把妳救上岸了欸！沒禮貌！」我還聽到顧亨淨那個神經還在後面喊。

不過也是，那位叫阿丁的男生確實先把我拉上岸。

「謝謝！」我往下喊，之後騎著腳踏車快速離開。

下次，絕對，不要再遇到他！

每次遇到他都沒有好事情！我邊騎邊想。

回到家梳洗一番之後，我躺在床上帶著耳機聽著音樂。

才出去買個文具而已，就發生了如此轟轟烈烈又離譜的事情。

顧亨淨這個人，從一開始不小心看到他的上半身，這一次卻跟他一起跌進河裡，上輩子我跟他是有仇嗎？

這時媽媽打電話過來，我頓了一下，之後才按下通話鍵。

「媽。」我勾起唇角，「怎麼了嗎？早上才剛通過電話呢。」

「沒什麼，只是想打給妳而已，」媽媽也微笑著：「妳快開學了吧？聽說妳之前有在的找打工，結果有錄取嗎？」

「我下禮拜開學呀，我是有找到一個，在火鍋店，店長說等他消息，應該這幾天就會知道結果了。」我說。

「原來如此，」媽媽點頭，之後頓了一下，說：「稍早聽爸爸說，當年撞死奶奶的那位兇手，聽說最近過世了。」

「……是喔。」還真的出乎意料之外。

不過，也好。

喝醉酒撞到我奶奶還逃跑的人，本身性格也不會好到哪裡去。

雖然他過世了，奶奶也回不來。所以當時聽到這個消息，我心中只有滿滿的惆悵。

最後我打工結果終於有了下落，我終於錄取了那家火鍋店，擔任外場跟收銀員的員工。

不過這家火鍋店雖然薪水福利都不錯，一個禮拜都休兩天，所以對我而言不會說太過負荷。

確定了工作內容跟規則，我便離開了火鍋店，明天開始上班。

我看著天空，吐了一口氣。

終於，有了賺錢的機會了。

下了公車之後，我看向窗外，開始思索拿到薪水之後，要怎麼分配。

首先一定要寄回家裡，因為要支付姐姐的醫藥費還有給父母的孝親費，我也必須幫忙分擔一些，然後繳房租費，買一些生活必需品等，我把這些打在手機裡的備忘錄。

然而我因為沒有好好看路，不小心踩到了旁邊的小石頭，因而有人見狀原本要拉住我，結果我不小心跌進那個人胸膛。

在那一刻，我跟他大眼瞪小眼，之後我便驚叫了一聲。

「噓！噓！不要叫！喂！」沒錯，拉我的人是顧亨淨，他慌張說道。

結果附近在一間屋子前，看到一個女子走了出來。

「阿姨！」顧亨淨叫住了那個女子。

「亨淨？」女子看到了他，之後疑惑的看著我。

「我……」顧亭淨頓時說不出來，也對，剛剛的情形怎麼可能直接把這件事情說出口呢。

「一定是你欺負人家！」那名女子拍打了他的肩膀。

「我沒有！」顧亭淨趕緊說道。

那名女子先是無奈的看了他一眼，之後滿臉歉意的轉過頭對我說：「不好意思，我是他的阿姨，他剛剛是對妳做了什麼不禮貌的事情嗎？放心直接跟我說，我等等一定會好好修理他。」

「呃……」我跟顧亭淨如此對望，其實，剛剛是場意外，好像也沒有必要說出來……對吧？

「阿姨，妳好，我叫紀孟羽。我沒事的，他沒有對我怎樣，真的。」最後，我微笑的說。

顧亭淨先是睜大雙眼看著我，但之後他隨即鬆了一口氣，不過他的阿姨似乎沒有那麼容易就放過他，她瞪著他，說：「你真的有夠調皮。人家今天不跟你計較了，你還不請她進去泡個茶嗎？」

「阿姨？」顧亭淨聞言微微一愣。

「不好意思，妳要不要進來坐一下？算是一個小賠罪。我這個侄子確實會一直惹麻煩，但是他人不錯。真不好意思。」阿姨又說。

「不了，我還有事情。」這是真的，要開學了，我還有很多事情還沒處理好，但是也不想婉拒阿姨的好意，於是我便跟她約定下次一定會過去。

「妳一個人住？」顧亭淨看著屋子問道。他被他阿姨要求要送我回去。

「我跟大伯跟大伯母住。」我淡淡的說。

「紀孟羽，是吧？」從他口中說出我的名字，突然覺得有股電流從我心中滑過。

「幹嘛？」

「我已經知道妳的名字了。剛剛妳跟阿姨的話我有聽到。」他微微勾起唇角。

「如果可以，希望這次是跟你最後一次見面。掰、掰。」我說完便頭也不回的進屋。之後看向窗戶，我看到顧亨淨也在我進去沒多久就離開了。

我倚靠在房間門板上，吐了一口氣。

今天真的過的有夠轟轟烈烈的，回到房間，疲累感排山倒海的襲來。

下禮拜就要開學了，明天也要準備打工，希望生活可以快點步入正軌。

第五章

走進大學校園，我左顧右盼，學校裡頭比高中還大呢！校園裡還有小木屋在賣早午餐跟飲料，看來下次早八的課可以直接來學校買早餐了。

看著校園裡一些女孩子打扮的很漂亮又時髦，熟悉的對話也在這時候在我耳邊響起。

『大學是怎樣的生活啊？』

『大學很自由喔，可以自己選課，不用每天早上六點起來，還可以穿自己喜歡的衣服去學校，還可以把自己打扮的漂漂亮亮！』

回想起姐姐用開心的口吻訴說著大學生活，那時候的我才剛讀高中，轉眼間，我也來到了姐姐口中說的美好大學生活。

只是，我打扮的有點隨性，沒有說很漂亮，頂多只是畫個淡妝，穿著也是一件T恤跟牛仔褲，這樣被姐姐看到一定會被她吐槽的吧。

想到這裡，我不禁莞爾。

我們的教室在四樓，我走進電梯，開始好奇自己未來的大學生活會是怎麼樣的？

走出電梯，我看到兩個男生跟一個女生有說有笑的從我旁邊走過去，我看到這個場景，不禁停下腳步，看著他們的背影。

是啊，我想到以前了。

高中時期的我們，也是像他們三個這樣，有說有笑的聊天，聊著日常的瑣事。

不知道他們兩個過的好不好？選了什麼科系，讀了哪一所大學。

邁開腳步，我繼續往前走。

儘管如此，我依舊，還是希望他們過的好。

因為我已經沒有過問他們事情的權利了。

走到教室，門是鎖住的，我看到幾個人也跟我一樣站在門的旁邊，我想，那應該是我未來的同班同學吧？

「妳是紀孟羽嗎？」後面傳來一個女生的聲音。

聞言我轉過身，看到對方訝異了一下。

「施又珈？」我叫出了對方的名字。

「真巧，妳該不會也在這間教室上課吧？」她也訝異的問。

「是啊。」

「那我們是將來要相處四年的同學欸！」施又珈鬆了一口氣，說：「原本我還想害怕，到了新環境沒有認識的人，幸好還有妳。」

「我們的想法應該是一樣的。」我微微一笑，畢竟我不是那種會主動去認識新同學的人，剛好馬上就遇到以前同社團的人了，至少在今天，我們還可以互相照應。

今天是新生訓練，除了班導的自我介紹，還說明了我們這科系畢業標準跟選課大綱，我坐在底下寫著筆記，心想大學的畢業標準比高中時多滿多的，大學的畢業標準比較著重的是專業項目跟技能。

「好，今天就先到這邊，同學可以去吃個飯，下午再繼續。」班導如此說道。

看著班上的同學三三兩兩的走了出去，施又珈走了過來：「走吧，要一起吃飯嗎？」

「嗯，好啊。」我收拾包包後站了起來，跟著她並肩而行。

我看著身旁的她，我已經多久，沒有跟女同學走在一起過了呢？

「小木屋都在排隊呢。」施又珈經過時如此說道。

「對啊，可能要等很久。」我說：「學校旁邊其實有一間超商跟早餐店。午餐其實挺方便的。」

「我都可以啊，走吧。」沒想到施又珈挺乾脆的。

我們最後決定在附近早午餐店吃午餐，在等餐的時候，施又珈突然問道：「對了紀孟羽，妳有在打工嗎？」

「有啊，怎麼了？」

「還有缺人嗎？」

我想了想，之後搖頭，「我記得我當初去應徵時店長已經說員工都找到了，所以就暫時不應徵了。」

「原來如此，」施又珈點頭，「上大學什麼都要靠自己了，我最近一直在找工作，盡量不再跟家人拿生活費。」

「辛苦妳了。」

「妳也是。」我微微一笑，這時餐點也剛好送了上來。

開學已經一個多月了，我的生活很單純，不是上課就是打工。

因為火鍋店下午五點開門，今天課上到下午四點，下課之後我騎著機車，直接往火鍋店騎去。

到了火鍋店，由於我穿著短褲，所以下車時都要很注意。

「咖擦。」突然一陣相機聲傳了過來。

我立刻尋找聲音的方向，因為這種時候不可能出現相機聲。

一轉身，我要看到了我決定不想再跟他有交集的人—顧亨淨。

他蹲在一台機車旁邊，拿著手機，此刻只有我跟他，所以剛剛一定是他拍照的。

我握緊拳頭走了過去，這個自戀狂，這次竟然偷拍我。

顧亨淨看著手機站起身，我立刻拿走他的手機。

「妳？」顧亨淨馬上認出我，他狐疑的問：「妳幹嘛拿我手機啊？」

「我才想問你，你為什麼要拍我？」

「誰要拍妳？妳模特兒嗎？」顧亨淨伸出手：「拿來喔。」

「我要先把照片刪掉再還你！」打開他的手機，發現要輸入密碼。

「密碼多少？」我問。
「妳自己猜啊。」顧亨淨涼涼的站在一旁。
「你生日多少？」
「猜。」
「他生日是五月七日。」阿丁這時突然出現。
「你講屁啊！」顧亨淨瞬間爆走。
「五月七日……」我在他的手機螢幕上輸入0507，果然真的解開了。
我之後找到了他的相簿，發現裡面居然沒有偷拍我的照片。是我誤會了嗎？
顧亨淨抽走了我手上的手機，他說：「這下真相大白了吧？紀孟羽。」
「……不好意思喔，不過我剛剛就有聽到相機快門的聲音。」我解釋著。
「因為我的摩托車被劃到了，我要拍照存證。」顧亨淨甩了甩他的手機，之後微微一笑的靠近我，說：「我真的不得不說，妳這個女生，是第一個敢這樣跟我說話的人。」
然而阿丁在旁邊偷笑，立馬被我瞪了一眼。
我微笑的用手輕輕推開他，說：「誤會，是誤會，真的很不好意思。」
「妳真的不怕我們啊？」阿丁好奇的問。
「怕？為什麼要怕？」我疑惑的問，不過看到上班時間快到了，我揮了揮手，「啊我要去上班了。掰。」

說完我便直接走進後門。

進去員工更衣室拿著員工制服的紅色襯衫跟黑色長褲，我先把放下的長髮紮起了一個包包頭，之後拿著制服走進更衣室，準備今天的工作。

「結帳！」

「要加湯！」

到了晚上七點多，是火鍋店最繁忙的時候，我跟其他兩個女店員都忙得手忙腳亂。我一下子收盤子，一下子要跑去櫃檯幫忙結帳。

「這位先生，您的金額是兩千三百元。」我算完之後對著這位客人說，同時不知不覺，也即將到了下班時間。

「小姐，妳幾歲呀？」那位客人嘴裡叼著牙籤問道。

「十八歲。」我微笑回答，雖然還要等到明年才十九歲。

「這麼年輕？」那位客人原本還要再說什麼，這時另一個同事適時插進來打斷對話：「老闆說桌子擦一擦喔。」

「喔，好。」明白她的用意，於是我趕緊先離開現場。

那位客人離開之後，剛剛那個女同事就走了過來。

「那個客人，每次只要看到新來的女員工，都會故意找她聊幾句。妳如果可以就盡量用忙的藉口避開他，知道嗎？」她說。

「知道了，謝謝妳。」我點頭。

下班之後，我也拿到了人生中第一份薪水。

直到跨上了機車，夜晚的風吹拂了我的臉頰，停紅綠燈的時候，我看著遠方的路燈，深吸了一口氣。

在這座陌生的城市，我還是需要更獨立啊……

週末時的車站上永遠都擠滿了人。

下了火車，離開月台，我看著四周的風景。

已經，有好一段時間沒有回來過了呢。

雖然媽媽說她今天要帶姐姐回診，我也還是回來了。

不過，我故意選在她跟姐姐可能不在的時間，回家看看。

走到家附近，爸爸的汽車不在，家裡裡頭電燈也沒亮，看來，哥哥應該是跟同學出去討論報告了吧。

我深吸了一口氣，才將近三個月沒回家，這個家卻讓我越來越不熟悉了。

拿出鑰匙轉開門把，我東張西望的看著黑暗的四周，走進了屋子。

家裡的擺設跟我離開時一模一樣，沒有因為我離開而改變。

走到我的房間，一打開房門，一陣花香撲鼻而來。

照理來說，我離開之後房間也沒有人睡，但是看來每天還是有人在精心打掃，這應該是媽媽在做的吧？想到這，我微微一笑，也坐在書桌前，看著我沒有帶走的東西。

瞥見書桌透明桌墊下的照片，我頓了一下，之後也抽了出來。

這是言春旭以前在社團課時，為我拍下的照片，那天過完沒多久，他就洗了出來送給了我，這張照片也就這樣一直被我放在這裡。

看了幾眼之後我便收進去抽屜裡頭，最後我把裝著薪水的信封袋放在爸媽房間並傳簡訊告知，然後離開了家。

轉眼間，我已經習慣了現在這樣的生活，從一開始不習慣獨立跟想家的我，如今心態也已經調整過來了。

「妳真的沒有再跟他聯絡了嗎？」出了教室之後，施又珈突然開口。

「誰？」我一頭霧水。

「賀意呀。」

聽到這個人名，如今我的心還會揪一下。

「為什麼要問這個呢？」我微微勾起唇，問：「妳好像很在意。」

施又珈這時微微勾起唇角，說：「因為看到妳跟賀意，會讓我想到以前的事情。」

我抬眸看向她，她把她的頭髮放撥到耳後，說：「我曾經跟妳說過，賀意我國中就認識他了，對吧。」

「嗯。」而且我還記得是在補習班認識的。

「國中的我，身旁也有一個知心朋友般的男孩子。只是之後，當我要告白的時候，他已經……」施又珈說完沒有再說下去。

「已經，怎麼了？」我問道。

「他就因為搬家，之後轉學了，轉到很南邊的學校。距離非常的遠。」施又珈聳肩：「來不及告白。」

我聞言微微一愣，自己似乎碰觸到對方不愉快的事情，於是我說：「抱歉。」

「怎麼了？」

「我好像勾起妳傷心的回憶。」

「我已經釋懷了。」她微微一笑。

「……有那麼容易的嗎？」

「隨著時間的流逝，很多事情我們其實都無法真正的挽留。到時候，妳回頭一看，那些都變成了回憶，回憶裡的那些人，都變成了過客。」施又珈笑著說，這段話確實也觸動到我心裡去了。

「是啊……」我看著自己的手，微微一笑：「賀意，他已經變成是過客了。」不過我不後悔。

「小姐！」

在我幫客人算盤子時，上次那一位男子叫住了我。

他此刻坐在隔壁桌，招手叫我過去。

我瞥見上次替我解圍的那個女生立刻看了過來。

儘管心裡有微微的不安跟疑惑，我還是面帶微笑走了過去，問：「請問有什麼事情嗎？」

「湯底有點髒呢。」他指著鍋裡，而旁邊幾個男人都咧著嘴笑。

「我馬上去幫你換。」在我的手要準備端起鍋子時，那個男人突然握住我的手腕。

我差點叫出聲，這時店長適時出來介入我們中間。

「妳先去櫃檯結帳。」店長對我說。

「……好。」我當下趕緊離開，突然感到一陣害怕。

「妳沒事吧？」那個女同事擔心的看著我：「我剛剛也被嚇到了的，他不曾這樣對一個女員工。」

「……」我低頭反覆摸了剛剛被他碰過的手腕，這時突然感到一陣疙瘩。

看著那一桌的客人，這次沒得逞，下一次不知道會怎樣。

「妹妹，妳叫什麼名字？」算帳的時候，明明店長已經叫那位女同事去算他們這桌的帳，結果他還是在找機會跟我接觸。

我原本打算無視他，結果下一秒他突然靠我很近，滿嘴檳榔的他笑著說：「不瞞妳說，其實我滿喜歡妳的呢。」

頓時我感到一陣害怕，下一秒，他突然被人用力推開，然後我也就突然被拉進那個人的胸膛。

「誰准你碰她的？」那個人厲聲問道。

我聞言一愣，之後立刻抬頭。

「顧亨淨？」我叫出了那個人的名字。他怎麼出現在這裡？

「你誰啊！」那個男人不屑的說，引來了店長跟其他員工的關切。

「沒事的，我來處理就好。」顧亨淨搭著我的肩膀，微笑對他們說。

看著顧亨淨此刻的微笑，我也發覺了他此刻的氣場如此強大。

「她是我的女朋友。你那個髒手最好給我放乾淨一點。」顧亨淨冷冷的說。

而且不只顧亨淨來了，連阿丁跟幾個跟班也在後面。

「你這個小毛頭！」那個男人原本要掄起拳頭時，顧亨淨已經率先踹他一腳。

「你！」被踹倒在地的那個男人原本要爬起來，店長這時走出來說：「我已經報警也錄影存證了。你還要在這邊鬧嗎？」

那個男人聞言立刻站起身，之後馬上離開。

顧亨淨這時也突然把我拉出去，我錯愕的看著他，說：「我還在上班！」

「顧亨淨！」

他把我帶到後門之後就自己放手了。

「我還在上班，有什麼事情之後再說吧。不過，還是謝謝你救我。」我誠摯的說：「不然，我真的不知道該怎麼辦。」

「紀孟羽，所以妳欠我一個人情對不對？」他突然這樣說。

「幹嘛？請你吃飯嗎？當然沒有問題呀。」

「我對妳，確實有點好感。」顧亨淨冷不防說道。

我聞言一愣，說：「你這話撩不動我的。」而且，現在的我，已經決定不再談戀愛了。

「妳聽過莫非定律嗎？」他又問。

「聽過啊。就是越不可能發生的事情，就越容易發生。」

「所以，千萬不要保證妳不會愛上我。」

「放心，就算全世界的男人只剩下你，我也不會喜歡你。」

「就說別亂保證了。」他勾起了壞笑。

我看向他，在顧亨淨那玩世不恭的眼神之下，我捕捉到異樣的光彩。

「這個不太可能。」我轉移話題：「你跟阿丁他們也是來吃火鍋的吧？」

「是啊，想說妳也在這裡打工，來看妳有沒有認真工作。」他微微勾起唇角。

我原本要回嘴，結果我看到剛剛那個男人帶著棍子從顧亨淨後方走來。

「後面！」我指著他背後。

顧亨淨俐落的閃過身，棍子也因此落地。

「靠！你這個傢伙竟然敢偷襲我。」顧亨淨撿起棍子，作勢要打下去時。

「亨淨！警察來了！不要打！」阿丁這時帶著兩個警察出現。

顧亨淨這時停下了手，之後兩位警察就把那個男人給帶走了。

「啊，真是不好意思。」顧亨淨搔了搔頭說道。

「沒事的，那位客人雖然常來店裡，不過也很常在騷擾員工。沒想到他這次居然變本加厲。」店長無奈的說。

「店長，很抱歉。」我鞠躬著。

「不用自責，這不是妳的錯。不然，今天讓妳提早下班好了。」店長溫和的說。

店長是個三十初的年輕男子，長相斯文有禮，然而對待我們這些員工跟客人就是如此，對於火鍋店的湯頭跟食材是腳踏實地的在挑選。

這讓我對他一直都很刮目相看。何況他對我們員工也真的很好，有時候店裡接近打烊時間已經沒有客人了，他也會提早讓我們離開。

「沒關係的。」店長微微一笑：「不會扣妳薪水。」

「店長，你還真大方！」阿丁眼睛雪亮的說：「害我也想來這裡工作了。」

「就憑你？你別把這裡的食材偷吃光就好了。」顧亨淨冷冷的說。

「亨淨你真的很沒意思，沒提這個還好一提我都餓了！可以進去吃火鍋了嗎？」阿丁摸了摸他圓滾滾的肚子。

顧亨淨先是斜眼看了阿丁，之後拍了一下阿丁的肚子。

「顧亨淨。」我叫住了原本要走進去的他。

他沒有轉頭看我，但我知道他在聽。

「我們，不可能的。」我說。

但他依然沒有回應。

從那天之後，我再也沒有遇到顧亨淨。

姐姐跟賀意的影響對我太深，深到我不覺得自己會有幸福的資格。

顧亨淨大概不是認真的，那也許也是因為我是第一個敢這樣對他說話的女生，所以他感到新鮮。那我何必太在意他說的那些話呢？

想著想著，不知不覺也騎到學校的校門口了。

不過在我脫下安全帽之後，我看到了阿丁背著背包從我眼前經過。

「阿丁？」我忍不住叫出他的名字。

音量有點大，所以他聽到先是東張西望了一下，結果發現是我，明顯一愣。

「妳也是這所學校的學生？」他好奇的問。

「是啊。難不成你也是？不過之前在學校沒有看到你啊！」

「我是啊，只是都沒來上課而已，今天是期中考，我就來露個臉啦。」阿丁聳肩著說。

「幹嘛都不來上課？」

「懶啊。」

我略帶無語地看著他，之後說：「還是要來上課吧。」

我跟他也就這樣走在一塊。其實我發覺，阿丁這個人滿單純的，不過怎麼會跟顧亨淨混在一塊呢？

「我不是讀書的料，不過……確實也想拿到文憑，我知道這很矛盾。」阿丁說。

「確實很矛盾。你還是乖乖來上課，別一天到晚跟顧亨淨鬼混。上課對你是有益無害的。」我說。

「說到亨淨，他今天比我早出門去上課欸。」

我聞言愣了一下，說：「等等，你說顧亨淨？」

「對啊，他跟我還有妳一樣，今年都是大一生，而且還是應屆的。」阿丁說。

原來阿丁跟顧亨淨都跟我同年？

再仔細一想，我的生日在四月，而顧亨淨是五月生日的，原來他比我小啊？

「他也是讀這間學校的喔！只是什麼系我就不知道了。」阿丁說。

「應該是不會跟我同一個系啦。」我隨口說說。

由於他的科系是在我對面那一棟，於是我們就在操場那裡分開了。

我們系有七十幾個人，不過平常來上課的都只有三分之二的人數，所以今天來發現教室裡都是滿滿的人，平常沒有來上課的同學都在這一天出現了。

茫茫人海之中，我看到了施又珈在滑手機。

通常我的位子在都她前面，我也都很自然的坐在那裡。

不過當我走過去的時候，她小聲的說：「妳的位子被坐走了。」她比了比她前方的人。

坐在她前方的人趴在桌上睡覺，身形看上去是一個男生。

不過怎麼看起來很眼熟？

我搖了搖頭，應該是我想太多了。

「沒關係，我坐其他位子。」我話一說完，前方那個人突然坐起身，看到他的側臉，我的心漏掉了一拍。

那個人轉過頭與我對上來眼，我也從他眼神裡看到了不敢置信。

「紀孟羽？」

「顧亨淨？」

旁邊的同學都好奇的看過來，不過一會兒又低下頭做他們自己的事情。我還看見施又珈因為好奇而投射過來的眼神。

「還有五分鐘就要考試了，請大家趕快坐好，手機關機，相關資料也收起來。」老師這時走了進來，而我見狀也趕緊找個空位趕緊坐下。

腦袋亂轟轟的，我雖然沒有特別把班上全部人的姓名都記起來，但也沒有想到，顧亨淨居然是我的同班同學。

顧亨淨是第一個交卷離開的。

而我本身寫考卷的速度就很快，加上這陣子也有在準備，所以題目對我而言並不難。所以在他交卷沒多久，我也跟著交卷。

「真有緣。」顧亨淨背著側背包，倚靠在教室旁邊的柱子。

我抬眸，對上他的眼睛，嘴角微微一勾，說：「是啊。」

「紀孟羽，我一直很想問妳一個問題。」他說。

而我聞言停下了腳步。

「妳會討厭我嗎？」

「不會。」是真的不會，儘管一開始我跟他的相遇有多浮誇。

「你還是很在意我說的那些嗎？」我率先開口。

「妳說妳心裡有人，我很在意。」

「顧亨淨。你的在意不是喜歡的那種在意。」我說：「那只是因為你覺得能敢這樣跟你說話的人只有我，所以你才會有不一樣的感覺。那種在意，不能算什麼。」

「妳不是我，怎麼知道我的在意是妳想的那種在意？」顧亨淨微微勾起唇角，「妳說妳心裡有人，可是妳的表情充滿了憂鬱。」

「想不到你觀察力這麼好。」我微微一笑。

「是妳表現的太明顯。」

我聞言頓了一下，沒有說話。

「我是不想逼妳，但我希望妳能夠坦然一點。」顧亨淨又說：「當然我知道這很困難。」

說完，他便直接轉身離開，留下錯愕的我。

「亨淨？亨淨勒？」阿丁這時突然跑了過來，他看到我便直接問。

「離開了。」我淡淡的說。

「奇怪，他就跟我約在這啊，怎麼自己先離開了。」阿丁搔了搔頭。

「你現在追上他應該還來的及。」

「不了，其實我們原本要去靈骨塔。現在他丟下我，那我也沒必要去了。」阿丁說。

「靈骨塔？」我疑惑的問。

「嗯，他要去看他的朋友，聽說今天是他的忌日。」

「忌日？」我訝異的問。

「是啊。」阿丁之後小聲的說：「因為對象是妳，所以我才會跟妳說亨淨的事情。」

「什麼意思？」

阿丁之後認真的看著我，說：「因為亨淨，不曾像現在一樣，對一個女孩子如此認真過。」

「今天好好工作吧。我去廚房熬湯頭了。」店長微笑說完，便走進了廚房。

沒多久之後葉之琳走了出來，她看到我，便直接問：「我從那天就一直很好奇，也很想問妳，妳跟顧亨淨在交往是嗎？」

而我擦著桌子的手停了下來。
葉之琳狐疑的看著我，我好不容易找回自己的聲音，回答：「沒有。」其實連朋友也說不上。
「妳跟他認識嗎？」我反問。
「他是我國中學弟。以前住隔壁。」葉之琳又說：「看妳的樣子，好像不知道他以前的事情？」
我搖頭，其實儘管看起來我跟他關係算不錯，但實際上我對於他的事情卻一無所知。
「他以前在國中就是個問題學生，打架鬧事樣樣來，也不把老師看在眼裡，差點被退學。」葉之琳說。
看的現在的樣子，其實也不意外他以前會這樣。
「那他以前是不是人見人怕？」我隨口問。
「是啊，我對他感覺也是害怕，直到有一天，我曾在路邊……」她看了我，之後緩緩的說：「在路邊看到他被他爸揍的半死，媽媽昏倒在一旁。」
「什麼？」這突如其來的資訊衝擊了我。
「我說的是真的，不用懷疑。不過也在那之後，他人就消失了。聽說他媽媽最後也跟他爸爸離婚。而他最後聽說翹家了還是怎樣，總之就是很少回家。」
我坐在一旁，葉之琳則是坐在旁邊托腮看著我。
「我以為妳知道，而且，我真的很訝異妳完全不怕他。因為他跟我印象中的樣子差不多，雖然他跟以前比起來是收斂了些。」她說。

「我對他其實真的瞭解不多。」我說。

只知道他最常提到的人是海哥跟他的阿姨，而時常在他旁邊出現的人，也只有阿丁。

完全想不到他會有這樣的過去。

結果期中考過後，顧亨淨居然每天都準時來上課了。

「嗨，這次，我沒坐到妳位子嘍。」顧亨淨確實是沒有坐到我位子，但是他坐在我的旁邊。

看了看教室，其實也沒差，因為要看到全班出席，除非是期中考或期末考，不然這個畫面平常應該是不可能看的到的。

顧亨淨，他在看似坦蕩無懼的外表之下，究竟藏著什麼過去？

「紀孟羽，發呆呀？」顧亨淨的聲音拉回了我的思緒。

然而施又珈從剛剛就一直好奇的看過來。

我聞言趕緊坐下，藉由滑手機來分散注意力。

「他是誰呀？沒想到妳居然會認識這麼帥的男生。」中午去吃飯的時候，施又珈笑著說，然而她說的這句話我也已經聽了很多遍了。

「他很帥嗎？」我問。

「我覺得不錯欸，他眼睛很大五官也很立體，而且也很高。要不是他都沒有出現，說不定他也會成為系草喔。」

「沒想到妳對他評價那麼高。」我嗤之以鼻。

施又珈看了我一眼，之後低頭喝著她剛剛點的咖啡，說：「他確實不差啊。你們互動看起來也不錯欸。」

「哪有？」他一開始就讓我看到不該看的東西，之後拉著我跳河，又不小心被襲胸，這一連串沙雕又超展開的事情發生不熟有很難吧！

「如果他能讓妳揮別過去跟賀意的感情，我覺得沒什麼不好啊。」施又珈說。

「……」我攪拌著剛剛送來的乾麵。

過去如何能那麼輕易揮別的話……那就好了。

「第一次期中考過後，我覺得我們班可以來辦個夜唱！」突然有一天，班上有一個女生站在講台如此提議。

「夜唱好像不錯。紀孟羽，妳有去過嗎？」施又珈興奮的說。

「沒有。」而且我還興致缺缺。

「那位帥哥，你有興趣嗎？」那個女生苗頭對向了坐在我旁邊的顧亨淨，沒錯，他不但有乖乖來上課，而且每次都固定坐在我旁邊。

顧亨淨聞言看向我，使我忍不住對他說：「看我幹嘛？她在問你。」

「紀孟羽去會更好喔！」那個女生笑著說。

然而我一頭霧水之際，另一個畫著眼線的男生站在一旁，說：「就不賣關子了，我們跟外文系的說好要舉辦一場聯誼，然後相約一起去夜唱，想要脫單可以趁這次機會，喔不是，我的意思是，可以藉由這次的機會來認識其他人，拓展自己的人際關係。」
「想脫單就說嘛。」一旁邊那個女生笑著拍他的肩膀。
不過仔細想想，目前在班上跟我比較有交集的人，大概就是施又珈了。其他年級的還是其他系的，我一個都不認識。
「難得最近比較沒有什麼報告，而且又剛考完試，不如就去夜唱一次吧！你們說是吧！」那個男生又試圖遊說。
班上的同學都你看看我，我看看你，但似乎也被這個提議給打動了。
「孟羽，就去吧！如果覺得太尷尬我們就找機會開溜。」施又珈看起來就很想去。
「……再說吧。」我懶懶回應。
騎機車回家的時候，我在路邊看到顧亨淨拿著一盒便當在餵流浪狗。
這個畫面太過奇怪，於是我把車停在他旁邊。
「顧亨淨，你在幹嘛？」我把安全帽的護目鏡往上掀起。
「餵狗啊。」顧亨淨連轉頭都沒有轉，就這樣蹲在那隻狗的面前回應我。
「沒想到你會有這樣的舉動。」我托著腮。
「這隻狗……也不容易親近人的呢。」他這回終於轉過頭了，只是他的唇角微微一勾，說：「我親眼看過牠被牠主人丟棄在這裡。」
我瞬間明白了他話中的意思。

曾經聽葉之琳說過，她以前親眼看過顧亨淨跟他媽媽當街被他爸爸爆打，所以也就是說，他看到那隻流浪狗，是否就會覺得他們很像？

『我說的是真的，不用懷疑。不過也在那之後，他人就消失了。聽說他媽媽最後也跟他爸爸離婚了。而他最後聽說翹家了還是怎樣，總之就是很少回家。』

「那隻狗曾經就是被牠的主人丟在這裡，一開始牠都一直等一直等，看能不能有一天，真的會等到牠主人的回眸。」顧亨淨說完還摸了摸那隻狗的頭，他的眼神也因此變得深邃：「不過，始終還是都回不了家呢。」

聞言，我突然鼻酸了起來，沒來由的。

因為他這一句，戳到了我的心坎。

顧亨淨，似乎跟我一樣，都是回不了家的人。

「怎麼哭了？」顧亨淨站起身問我。

「沒有，只是眼睛進沙了。」我揉了揉眼睛。正當我抬手要揉眼睛時，顧亨淨猛然拉住我的手。

「幹嘛？」我問。

「沒事，我只是沒有想到，妳的淚腺挺發達的。」他笑著說。

「信不信我現在騎車撞你？」我瞇著眼說。

「哈哈哈哈哈哈哈。」結果顧亨淨笑了出來，說：「我不信妳敢。」

聞言我作勢催油門要來嚇他，結果他還真的被嚇到，他退後好一大步，說：「妳不要給我來真的喔。」

而我看著眼前的他，心裡的情緒也一直在翻攪著，對於剛剛他說過的話，以及……阿丁跟葉之琳曾經說過有關他的事情。

似乎，有點不一樣了。

推開火鍋店的後門，我難得看到店長比我們還要早來。

因為他家聽說就在附近，所以通常上班時間不是我先到就是葉之琳先到。

然而店長坐在一個圓桌前，看著手機。

「今天，又是想起妳的日子了。」走過去的時候，我突然聽到了店長對著手機說話的聲音。

葉之琳這時拍了我的肩膀，我聞言愣了一下，之後說：「妳來啦。」

「是啊。走吧，換衣服去。」葉之琳拉著我走進更衣室。

換好制服之後，我看見店長收起手機，往廚房走去。似乎剛剛那略帶思念的口吻是不存在的。

下班時，我走出後門，看到顧亨淨也騎著一台機車，就在那裡等著。

「你在幹嘛？」我疑惑。這個人怎麼那麼晚還在這裡？

「等妳下班。」

「你又不是我的誰。」我失笑。

「我來也是要問妳，聯誼妳有要去嗎？」

「應該會吧。」因為班上的人居然全部都要去。然而我也沒有夜唱過，想說去看看也不錯，別喝的太醉也還好。

「孟羽，再見啦。」葉之琳這時也收拾好東西下班了，只是她看到顧亨淨時，有稍微頓了一下。然而，顧亨淨似乎也有認出她，我看到他微笑點頭，還說了句：「好久不見。」

葉之琳倒是沒有想到顧亨淨會主動跟她打招呼，於是她先是訝異了一會，之後也笑著說：「真的好久不見了。原來你還記得我。」

「這句話應該是我要講的才對。」顧亨淨微微笑著。

葉之琳回去之後，我看向顧亨淨，問道：「原來你知道她？」

「上次替妳解圍時，我就有認出她了。只是我跟她沒有說到很熟，她是我以前的鄰居。」顧亨淨微微勾起唇角，問：「難道妳都沒有從她口中聽說過我的事情嗎？」

「一部分。」

「免不了是我曾經被家暴的事情吧？」

我頓了一下，之後沉默不語。

「我爸他沒有一天是盡到父親的責任，我媽也為了要討好他，沒有理會過我，所以我小時候都是跟我奶奶住在一個很破爛的屋子裡。最後我受不了了，我在半夜裡打包行李，離開了那個殘破不堪的家。」顧亨淨說：「只要我離開那個家，我奶奶才可以不用一直照顧我，她也不用一直埋怨她那不孝子。她可以做她想要做的事情。」

「你奶奶對你不好嗎？」

「她對我很好。」他看著天空，說：「只是有我在的一天，我爸媽他們根本就不會回來看她。雖然我對我爸媽已經不抱任何的希望，但是我奶奶一直相信他們會回來。然而其實我奶奶是可以享福的，如果我爸沒有把我硬塞給奶奶照顧的話。」

「不過……在我十五歲那一年，我奶奶生病過世了，從此那個家，完全沒有值得我眷戀的地方。」他又說：「而這個世界上，真心對我好的人，只有海哥跟我阿姨。」

「所以你回不了家裡？」我喃喃的問。

「就算要我回我也不會再回去。」顧亨淨淡漠說道。

之前我想過，顧亨淨跟我一樣，都是回不了家的人，但是我們唯一不一樣的地方是，顧亨淨的家人讓他心灰意冷，而我不是。

我反而是讓家裡掀起重大意外的人。

我跟顧亨淨住同一條巷子，因此我們騎的路線一模一樣。

「你大可不用這麼費心等我下班。」我說。

「我不覺得是費心。」

「顧亨淨。」

「我知道妳想說什麼，妳想叫我不要浪費時間在妳身上。」

「你知道就好。」我沉重的說：「你值得更好的人。我們最多，就只能當朋友。」

「我說過，妳不是我，妳覺得妳不好，但我不這麼認為。」

「如果你知道我曾經害我最重要的人失去她往後的人生，你就不會這樣說了。」我越說越心痛，最後也意識到自己即將崩潰，於是我趕緊收住情緒，說：「時間不早了，你趕快回去吧。」

最後我頭也不回的把機車放好，然後拿出鑰匙打開門走了進去。

對不起，顧亨淨。

我想讓你瞭解，我真的不是你值得付出感情的女生。

聯誼的地點約在距離學校有十分鐘路程的一間小型ＫＴＶ。

我也沒有特別打扮我的穿著，就像平常一樣。畢竟我來也不是為了找對象。

在門口等施又珈的我，看到阿丁騎機車載著顧亨淨出現了，然而顧亨淨下車後也只是看了我一眼，之後走了進去。

自從那一天晚上我說了重話，他便很少來學校，直到今天才打了照面。

「妳跟亨淨吵架了是不是？」阿丁如此問道。

「沒有啊。」我隨口回答，但心情有點沉重。

「是喔？」阿丁顯得不太相信。

「孟羽，我來了！這位是？」施又珈這時出現了。

「朋友。」我微笑著說。

「妳好。」阿丁點頭，之後說：「我先走了。」

目送阿丁騎機車離去之類，我跟施又珈一同走進ＫＴＶ。

在KTV裡，裡面很多人一同狂歡，震耳對音樂聲使我微微皺眉，為什麼聯誼一定要辦在這呢？

看著滿地的煙蒂跟倒在桌子上一堆的酒瓶，我真正意識到我來錯地方了。

顧亨淨坐在角落滑著手機，似乎所有的一切都跟他無關。

「原來他有來？」施又珈說。

「嗯。」我簡單回應。

「妳們是資訊系的吧？妳們好，我是外文系的班代。」一個戴眼鏡的男生客氣的說：「謝謝你們來參加這場聯誼，希望我們兩個系可以透過這次關係能變得更密切。」

見他舉起酒杯，我意思意思的拿起來，倒是施又珈很乾脆的一飲而盡。

「我們來玩遊戲好不好？」那一群男生走了過來，「我們來猜拳，輸的人喝一杯。妳們班的人幾乎玩過，只剩妳們還沒。」

「我不玩，謝謝。」我微笑拒絕。而施又珈也對這個遊戲興致缺缺。

「怎麼這樣勒，太冷漠了吧！」其中一個男生難掩失望的表情。

「玩幾場，好嗎？」另一個男生不死心的問。

「不要。」我拒絕。

「拜託嘛。」

「不要。」我就是拒絕到底。

「那我來跟你們玩幾場，如何？」這時顧亨淨擋在我面前。

「齁，原來是男朋友啊。」那個男生曖昧的笑著：「為女朋友出頭嗎？好像也可以。」

施又珈好奇的看著我，而我只是擔心的看著眼前的狀況。

「顧亨淨。」我拉著他的袖子：「不用一定要跟他們玩這個。」

「我不是為了妳。」他甩開了我的手。逕自走向他們。

而我的手還懸在半空中，目光卻一直停留在他身上。

顧亨淨的猜運似乎很差，我在遠處看，都看到他被罰酒。灌到臉都紅了，他還是繼續玩下去。

「妳是不是很關心顧亨淨啊？」施又珈好奇的問。

「……」

「關心他就去呀，看他喝成那樣，到時候回去都有困難。」

「……我要以什麼身分？」

「同學啊。」施又珈看著我，之後問：「怎麼了？妳在怕什麼？」

「怕？」

「在我看來，妳很怕自己喜歡上他。」施又珈認真的說：「我知道當年賀意對妳影響很大，不過那也已經是過去了。妳可以試著走出妳的小世界，不要再被過去的記憶束縛了。」

我閉上眼嘆了一口大氣，之後又聽到那些男生的吵雜聲。

「喝下去喝下去喝下去！」

我猛然睜開雙眼，我竟然看到顧亨淨直接拿起一瓶酒直接往他嘴裡灌。

我站起身趕緊把顧亨淨帶離這裡。
我把顧亨淨的手搭在自己的肩膀，因為他醉的太厲害，導致我走在街上沒幾步就開始走的歪歪斜斜。
「我還要喝。」他迷迷糊糊的說。
「喝什麼，你酒鬼嗎？」我忍不住唸了他。
「妳不要管我，我自己走。」他微微掙扎。
「不要吵，我送你回家。」
「再不讓我走妳就試試看。」
「你能拿我怎樣？」他好重，明明看起來很瘦，結果我卻差點走不穩。
「我就在這裡強吻妳。」
「……」我無奈的放開他，結果他差點摔倒在路邊，我見狀趕緊扶住他。
「看吧，你還在逞什麼強？」我說。
「紀孟羽。」
「幹嘛？」
「……我想吐。」
於是我趕緊把他推到水溝旁，而他過沒多久，就蹲在那裡大吐特吐。
我站在遠處看著他吐的如此淒慘，這下好了，感覺要帶他回去更困難了。
我原本想要聯絡阿丁，結果發現我沒有他的電話。

顧亨淨搖搖晃晃的站起身，我又趕緊上前去扶住他，他略帶抱怨著說：「紀孟羽，妳也把我推的太用力了吧。」

「我怕你吐在我身上。」我說：「還可以走嗎？」

雖然我們的租屋處就在前方幾百公尺，但這樣扶著一個男生回家對我而言還是有點吃力。

花了二十分鐘終於來到了他住的地方，這時的他已經醉倒了，我搖了搖他：「顧亨淨，醒來一下。」

「……」

「顧亨淨，鑰匙在哪？」

見他睡的很死的樣子，我直接捏了他的腰，這招果然有用，他吃痛大叫了一聲，之後睜開眼瞪著我：「妳幹什麼啦？」

「鑰匙，我要送你進去。」我說。

他不情願的摸了摸口袋，最後拿出了一串鑰匙遞給我，然後又睡死了。

過了一番折騰終於順利的進到他家，想到還要扶他上樓梯又是一個眼神死的概念。

但是把他丟在這裡也太難看，於是我硬著頭皮也要把他帶上樓。

「顧亨淨，你看你欠我多少！」我咬牙著說。

然而這個人當然沒有回應，睡的可舒適呢！

打開了房間的門，我把他丟在床上，因為一路上一直帶著他走，害我現在也腰酸背痛，我在原地看著躺在床上的他，嘆了一口氣，原本要拿被子給他蓋，結果他下一秒拉著我的手，把我拉向他。

我反應不及，因為我的臉瞬間跟他靠的很近，他此時睜開雙眼，而我就注視著他的瞳孔，他也是。

「妳說妳不在意，為什麼還要大費周章帶我回來？」他嘴角微微一勾。

「你沒醉？」我訝異的問，我想起身，但他卻抓著我的手不放。

「我是醉了沒錯。」他瞇著眼：「但我可沒醉到不醒人事。妳明明有很多方法可以讓我回來，為什麼要堅持自己背著我走？」

「那、那是……」

我話還沒說完，顧亨淨把他的嘴巴湊向我耳邊，說：「不要再騙自己了好嗎？縱使妳過去為了妳心中那個人難過到現在，可是我保證，我絕對不會像他一樣，讓妳如此難過。」

「顧亨淨……」我痛心的說：「就算沒有那個人，我也覺得自己沒辦法得到你的喜歡。不要再說這件事了好嗎？不然……我們真的連朋友都做不成。」

「紀孟羽。我不會因此放棄。」他的眼光透露出他的堅持，還有認真。

我先是抿唇，之後忍住眼淚站了起來，說：「你早點休息。」

說完，我頭也不回的離開。

走出他家門口，我回頭看向三樓。

不知道從什麼時候，我已經很少在想起賀意跟家裡的事情了。

取而代之的，都是顧亨淨跟施又珈相處的日子。

每次想到這個問題，我都很害怕。

因為我對姐姐的尷依舊過不去。

她因為我變成這樣，我有什麼資格過的比她好呢？

太陽直接照射進來，也照到了我整張臉，我吃力的睜開眼，才發現原來昨晚我都沒有關上窗簾。

走到陽台，我順著那個人的住家望過去。

『但我可沒醉到不醒人事。妳明明有很多方法可以讓我回來，為什麼要堅持自己背著我走？』

『……不要再騙自己了好嗎？縱使妳過去為了妳心中那個人難過到現在，可是我保證，我絕對不會像他一樣，讓妳如此難過。』

要不是阿丁昨天突然問起這個問題，我想我這一輩子都不會去思考吧？

自從搬來這裡，我以為我會過著如此平淡的大學跟打工生活，完全沒有想到會跟顧亨淨他們搭上線。

我看著那層樓，心想他一個人住，不要緊嗎？

昨天看似醉的如此嚴重，眼神卻如此的清晰。

清晰到我一度無法直視。

我抿了唇，之後拿起錢包走下樓。

到頭來，似乎還是放心不下他呢。

去超商買了一瓶蜂蜜水之後走來他的住家樓下，我原本要按下電鈴，結果剛好看到了顧亨淨的阿姨。

「是妳？」阿姨也認出了我，她端起了微笑，說：「妳來找亨淨的嗎？」

「呃，對。」我說：「他現在可能不太舒服，所以我帶了蜂蜜水給他。」

「不舒服？」

「他昨天酒喝的有點多。」

「這孩子真是的，等等我一定要唸他一頓！」

「阿姨，其實他是因為我，才會喝比較多，所以我才會幫他買這個。」

阿姨看了我，之後問：「妳跟亨淨真的沒有在一起？」

我微笑搖頭，我不知道我回答這個問題幾次了。

「亨淨這個孩子，從小苦到大的，如果妳能陪在他身邊，阿姨我會感到很欣慰的。」阿姨說到這裡嘆了一口大氣：「要不是我妹妹如此不懂事，現在亨淨也不會這樣。孟羽，雖然妳跟亨淨沒有在一起，那至少還是朋友吧？」

聞言我頓了一下，朋友，算嗎？

「妳可以不用回答我。不過亨淨他其實是一個好孩子，只是個性有時候比較衝。」

「我明白。」我微笑著說。

「妳一個人住嗎？」

「沒有，我跟我伯父伯母住。」

「其實有空可以叫亨淨帶妳來我家裡坐坐啊。阿姨挺喜歡妳的呢。」

我微笑不語，現在這個狀況，我都不確定顧亨淨還會不會理我呢。

「那我們進去吧。」阿姨笑著說。

我微笑點頭，之後跟著阿姨走進屋子裡。

阿姨敲下了房門，「顧亨淨，起床了。」

我站在旁邊，心中突然升起一股期待。

我在期待什麼？我趕緊搖頭。

門一打開，顧亨淨摸了摸頭，面露痛苦的說：「阿姨，妳怎麼來了？」

之後他跟我對上了眼，他眼睛也就不動了。

「妳怎麼又來了？」他問。

「你還敢說，昨天你喝那麼多酒幹什麼？」阿姨皺眉著問。

「阿姨別唸了，拜託，我已經受到教訓了。我現在不只宿醉頭痛，連胃也很痛。不要唸了，拜託妳。」顧亨淨雙手合十的說。

「臭小鬼。」阿姨瞪了他一眼，之後走了進去。

顧亨淨之後看了我，問說：「要進來嗎？」

聞言我有點受寵若驚，但下一秒直接說：「好、好啊。」

坐在沙發上，阿姨在廚房忙進忙出的，看著顧亨淨摸了後頸坐了下來，我從袋子裡拿出蜂蜜水，遞給了他。

「給你喝。」我說。

顧亨淨頓了一會兒，之後微笑接過。

「對了。」顧亨淨從桌子底下拿出一袋東西，「這送妳。」

「這什麼？」我疑惑。

「仙楂糖。」

我打開一看，裡面確實是滿滿的仙楂糖。

「為什麼要送我這個？」我失笑。

「妳多吃點甜的吧。」他看著我：「妳笑起來比較好看。」

我原本要開口，顧亨淨卻抬手制止，他說：「只是想要單純給妳糖果而已，妳不會拒絕吧？放輕鬆一點。」

「顧亨淨。」我頓了一會兒，之後說：「其實撇除我自己的問題，我是喜歡跟你相處的，像朋友一樣。」

顧亨淨聞言抬頭看我。

「所以，抱歉。」我低下了頭，之後站起身，「我先走了。」

在阿姨出來之前，我已經先離開了。

每當我對顧亨淨想要更靠近一點時，我的腦海都會浮現出姐姐出意外的樣子，還有賀意轉身離開的樣子，然後每次一想到，我都會反射性的想要逃避。

都會告訴自己，這樣就夠了。

不能再往前了。

「妳怎麼有仙楂糖？」有一天施又珈好奇的問。

「妳要嗎？」我從口袋裡拿出一個。

「好啊，謝謝。」

自從那一天離開他家之後，他又不常來上課了。

而我，也開始習慣吃仙楂糖。

現在想到他，我的心都會莫名的為他悸動，即時沒有很常看到他，卻也希望在下一秒，可以看到他帶著笑容，朝我跑來。

每當我這樣想的時候，卻也會連帶想起，賀意的背影、姐姐昏迷不醒的回憶。

那是不是，在讓我對顧亨淨有更深的感情時，我必須要阻止跟壓抑這份心情呢？

下課時，阿丁突然跑過來找我，使我忍不住好奇，問：「怎麼了？」

「妳知道亨淨怎麼最近都沒有來上課嗎？」阿丁問。

「不知道呢。」

「他生病，在家休息。」

聞言我愣住了，「怎麼可能？」

「騙妳幹嘛？他現在一個人住，我晚上還要上班，上到明天早上。現在都沒有人能照顧他呢。」

「所以？」

「就是妳下課去看他一下。」

「為什麼是我？」

「妳是他鄰居啊，關心一下不為過吧？」

「可是……」我抿唇，說：「可是我已經決定，不想讓自己越陷越深了。」

阿丁這時專注的看著我，問：「紀孟羽，雖然我只有跟妳提過亨淨的過去，但真正的故事，我還沒跟妳說過對吧？」

「什麼真正的故事？」

「亨淨他……國中還沒畢業的時候，就已經進了少年觀護所，直到高中畢業才恢復自由，幸好出來後遇到了海哥。」

我心猛然一揪，「這怎麼可能？」

「亨淨他從來不曾對一個女生，也就是妳如此的好。我覺得，我必須告訴妳他的過去。」

這時中廊一陣風吹來，吹起了我的長髮。

阿丁這時開了口，開始述說，有關那個人的過去。

第六章

顧亨淨自有記憶以來，就是跟奶奶住在一起，祖孫倆住在破破爛爛的房子，身上也因為幫忙奶奶撿回收常弄得髒兮兮的，因此國小時受到同學欺負跟嘲笑。

奶奶礙於年紀問題管不動孫子，只希望顧亨淨不要惹事，他想幹嘛就給他幹嘛。

不過，除了奶奶放任式的管教，難得回來的爸爸跟媽媽，也不會給他什麼好臉色，媽媽對他冷淡，爸爸則是都對他惡言相向，也由於爸爸會酗酒的關係，除了毆打顧亨淨，也會毆打他媽媽，所以他媽媽急著討好他爸爸都來不及了，怎麼可能管顧亨淨？

因此顧亨淨對眼前這個親生父親，只有一個字，恨。

有一天，在顧亨淨的爸爸又要動手打他時，顧亨淨再也按捺不住心中的恨跟憤怒，先一步用力把他爸爸推倒，最後逃出家門，不顧奶奶的叫喚。一心一意，只想逃離令他憎恨，又不像一個家的家。

從小到大，同學看到他都離他遠遠的，原因就只是，他是父母沒人要的小孩。

可是他也不願意這樣啊，誰願意住在一個破爛的家？

他每年的生日願望，都是希望自己有一天，可以離開那個家。

不過，縱使自己的家人令他心寒，他媽媽的姐姐，也就是他的大阿姨，知道他在家裡的狀況，時常會過來探望他，有時候還會帶他去家裡吃飯。在顧亨淨心裡，他們才是家人。

然而開始改變顧亨淨的人，是一個叫阿邱的男生，那一天，顧亨淨在街上遊蕩，阿邱走向他，問：「你這個國中小孩怎麼在這裡遊蕩？」

「先別那麼冷酷。你是不是受到了很多委屈？」見顧亨淨不搭理，阿邱微微勾起唇角，「我叫阿邱。放心，跟我混一起，保證你不吃虧，而欺負你的那些人，也會因此付出代價。」

「為什麼你要幫我？」顧亨淨感到非常疑惑

「因為看到你我也會看到以前的自己。」名叫阿邱的男生搭著顧亨淨的肩膀，笑著說：「現在這個社會就是如此的現實跟殘忍，你不比別人強大，你一定都是被人踩在腳底下的那一位。」

顧亨淨聞言，內心逐漸開始動搖，內心的本我也逐漸開始迷失。

「先來抽一根吧。要嗎？」阿邱遞了一包煙過來。

顧亨淨盯著眼前這包菸，他也曾經在路上看到有人抽這煙，也看過自己的爸爸坐在門口抽著菸的樣子。

當時的顧亨淨，才十四歲。

基於好奇心的驅使，以及希望自己能強大到不被人欺負的慾望，他拿起了一根菸。從此，便開始走上了他人生另一個轉折點。

往後，只要有人找顧亨淨麻煩，阿邱一定會出手相助。顧亨淨看著向他倒地求饒的那個男生，他心中升起了優越感，有種痛苦無處宣洩，最終終於爆發的快感。

阿邱走過來拍了拍顧亨淨的肩膀，笑著說：「怎麼樣？」

顧亨淨握緊拳頭，不過不是因為憤怒，而是因為興奮。

「老大，該撤退了嗎？」一旁的小弟如此問著阿邱。

「當然，不過我先跟這個人講幾句話。」阿邱蹲下身，笑容裡藏著威脅，對著倒在地上的人，說：

「有些事情，可別亂造謠，你很聰明，知道我在說什麼吧？」

那個人狠狠的瞪著顧亨淨，而顧亨淨只是冷冷的俯視著他。

現在的他，沒什麼好顧慮，沒什麼好怕的了。

現在的他，可是人人見到都會怕的人呢。

因為他有一個叫阿邱的人當他的靠山，雖然如今還是不清楚對方接近他的動機是什麼。

然而一切劇烈的變化，就是從這裡開始。

現在的顧亨淨，當時在那所國中，是人聽人畏的名字。

大家從一開始對他的嫌棄，到最後的懼怕。

畢竟人稱校園霸王的陳延義，也就是當初向顧亨淨挑釁最後被阿邱一群人修理的很慘的那個人，最後下場就是渾身是傷的被丟包在巷子內。也因為巷子裡沒有監視器，所以校方無法定顧亨淨的罪，因為不能證明顧亨淨在這件事情當中。

顧亨淨在外面遊蕩到晚上八點，反正，也沒有在乎過他。

最近時常跟在阿邱身邊，打架什麼的他也看過很多了，雖然阿邱是幫派的老大，但顧亨淨從來不會後悔認識阿邱這個人。

因為這個人，跟他身處一樣的黑暗。

這個人，是自他阿姨之後，第二個關心他的人。

他也在阿邱這個人身上，找到了他的「歸屬」。

只是這個「歸屬」，若打從一開始是錯誤又虛幻的，最終還是曇花一現。

其中一個膚色黝黑，身材是陳延義兩倍大的壯漢走了出來，笑著說：「你跟那兔崽子還真的長得很像啊。」

顧亨淨還沒搞清楚眼前之際，他就被那個人揍到倒在地上。

顧亨淨踉蹌站起身，原本揮起拳頭要揍人的時候，再度被打倒在地。

這麼多人對顧亨淨一個，他根本不是對手。

在他以為，他快死的時候。那個人的身影如電光石火般猛然出現在他面前。

「搞什麼？」阿邱也帶著手下出現了，他瞪著那個壯漢，咬牙切齒道：「當年你害死我弟，我這帳都還沒跟你算！你現在卻來動我兄弟？」

「那是你弟太沒用了。我剛剛看到他，還真的有那一瞬間，看到了你那個無緣的弟弟。」那名壯漢冷笑著。

這時顧亨淨被阿邱的小弟扶了起來，坐在一旁看著這兩位頭頭如此對視。眼神包含了滿滿的怨恨、不甘、想致對方於死地的恨意。

「既然你如此的犯賤再過來招惹我，」阿邱冷酷的說：「那就連同過去的恩怨，在這裡一次算清吧，當初放過你，是我做過最後悔的事情。」

壯漢不以為意，僅有冷笑。

接著，壯漢手指一勾，後頭的兄弟都衝上前去，然後在顧亨淨旁邊的小弟也上前去支援。

「顧亨淨，我跟你的帳也在這裡算清！」陳延義說完，便拉起了顧亨淨。

鬥毆的情況越來越劇烈，即使大家都傷痕累累，卻也不因此停下手。

最後阿邱騎上重機，恨恨的說：「我現在，就騎車撞死你。」

結果那個壯漢見狀馬上架住了顧亨淨，冷笑說：「是嗎？那是看我先死，還是他。」

在那之前，陳延義已經被顧亨淨跟一些小弟打到昏迷了。

然而，顧亨淨先是對那個壯漢肘擊，再來趁機給他一拳。

「你這小鬼！」壯漢如此罵道，他被顧亨淨壓制在地，顧亨淨像是在宣洩似的，一直往壯漢臉上打。打到累了，顧亨淨緩緩站起身，突然覺得人生，好像失去了什麼。

「碰！」

一個巨大聲響迴盪在空氣之中。

阿邱騎著那台重機，趁壯漢不注意時，直直的朝他撞了下去，然而，壯漢渾身是血的倒在一邊，阿邱則是滾了好幾圈，滾到旁邊的草叢。傷勢也很嚴重。

壯漢眼睛半開，看似沒了生命跡象。

阿邱也當場陷入昏迷。

警鳴聲跟救護車也在這時從遠處駛來，顧亨淨看到警察的閃爍燈，突然感到一陣頭暈目眩，隨即失去了意識。

吵雜的聲音使顧亨淨皺著眉頭醒來。

他嘆了一口氣，原本想要坐起身，但身體傳來劇烈的疼痛。

他的爸爸、媽媽、奶奶甚至是阿姨都在他面前。還有幾位警察。

「你這個不孝子！」顧父看到顧亨淨醒來就作勢要揍他，被警察制止了。

「看你做什麼好事，去鬥毆？結果出人命啊，很行嗎？殺人放火現在都做了，以後該怎麼辦？」顧父咆哮著。

顧亨淨瞪著眼前的顧父，不顧身上的疼痛下了床，他也不顧阿姨跟奶奶要拉住他，他直接甩開，走到顧父面前。

「誰才是不孝子?你比我還垃圾。我如果真的會殺人放火，我第一個就先殺你。」顧亨淨恨恨的說。

「你!」顧父用力掙脫警察，之後竟然在醫院的病房裡對顧亨淨拳打腳踢。

「不要打了!他是病人!」阿姨趕緊攔住，奶奶也是，顧母也擔心的扶起顧亨淨，但是被顧亨淨用力推開。

「妳不要碰我!」顧亨淨也對顧母咆哮:「妳跟他都不是我的親人!」

然而顧母露出了受傷的無奈的表情，但顧亨淨選擇視而不見。

「組長!邱竹昊自殺了。」一位警察匆忙的跑進病房。邱竹昊是阿邱的本名。

「自殺?」一位警察皺眉。

「對，他吞了非法的毒藥，看起來是事先藏好，再來趁護理人員不注意時吞了下去。」

顧亨淨怔怔的聽著，阿邱自殺了?是早就想這樣做了嗎?

顧亨淨無法接受，於是大吼了一聲，之後把所有人都推出病房外然後把門反鎖。

他順著門滑落在地，忍不住痛哭了起來。

其實在他醒來前，他朦朧之中就有聽到警察說他可能會被送到少年觀護所，因為他未成年。

可是他不怕這個，他不怕自己有前科。

而是他在這世界上，少數對他好的，唯一讓他有歸屬感的人，已經不在了。

永遠，不在了。

之後有好幾天，顧亨淨都不願意開口說話。

而顧父跟顧母，也才來那一天，之後就再也沒有來醫院看過他了。

「亨淨。」阿姨溫柔的叫喚他。他的表哥也在一旁。

唯獨面對他們，顧亨淨才會有點反應。

奶奶原本花白的頭髮，現在顯得更白了。他為此感到愧疚，也不敢面對奶奶。

「這是你的朋友留給你的信。」表哥小心翼翼的遞給他：「你慢慢看，我跟我媽不會吵你的。」

顧亨淨依舊沉默不語，其實從阿邱離去到現在，他的疑惑也越來越深。

為什麼會願意接近他、保護他呢？

原本以為這輩子無法問到的答案，都在他手上這張紙裡解答。

亨淨：

我是阿邱，其實，我原本沒有說很想活著了，只是我還有小弟要帶，我不能就這樣離開。

你一定很疑惑，為什麼我會接近你對吧？

因為看到你，我會想起我弟弟。
他就是被那位黝黑皮膚的男人打死的。
我沒有猜錯的話，你跟家人的感情不好，對吧？
我跟我弟以前也是如此，所以我就帶他逃家了。
但是有一次就是我弟被那個人勒索不成被打死了，這讓我心裡非常的恨跟無能。
我恨我自己當下沒有保護到他。但當時也因為法律問題，我放過了他。沒想到，他之後居然對你重蹈覆轍。激起了我累積已久的恨。
報仇了，也覺得你不該再繼續跟我混在一起，於是我決定離開，抱歉，把一切丟給了你。
但是，我由衷希望你過的好。真的，謝謝你，亨淨，謝謝你如此的信任我。

邱竹昊

陳延義被打到腦震盪，而那名壯漢也在意外中死去。
顧亨淨從國三開始，就在少年觀護所裡，除了上課，還有學一些在學校上課的知識。
其實就跟一般的高中生一樣，只差身分特殊罷了。
所以他的高中生活就是在觀護所裡度過的。
之後也因為表現良好，在顧亨淨十七歲生日那一天，他就得到了釋放。
在他出來的時候，外面早就有人在等他了。

是顧亨淨的阿姨還有表哥。

他的家人，確實也剩下他們了。

因為顧亨淨的奶奶在他進去沒多久之後，就生病過世了。

「來阿姨家吧，阿姨有幫你煮麵線。」阿姨摸了摸顧亨淨的臉，「你長高了不少啊。」

顧亨淨微微一笑，說：「謝謝妳沒有放棄我。」

「你也是我的孩子啊，說什麼放棄？」阿姨笑著說：「之後出來有很多事情要做，要想辦法讓你上學呢。」

「阿姨，我不是讀書的料。」顧亨淨失笑，他看著他的表哥，說：「表哥才是。我還是去打工賺錢比較實際。」

「講那什麼話。」阿姨皺眉。

「反正現在應該也沒有高中要收我，所以就這樣吧。」顧亨淨聳肩著說。

因此在顧亨淨十七歲到十八歲這年，他沒有去讀高中，而是都在四處打工賺錢，一開始也住在他阿姨家，但是在十八歲那一年，他選擇自己獨立出來住。

顧亨淨的阿姨也尊重他的想法，於是她說：「亨淨，你已經十八歲了，你確實也該為你的人生負責，阿姨希望的，是你可以明白你現在要的是什麼。所以你出去住阿姨無法阻止你，但是，我有幾個要求。」

「什麼要求？」

「第一，你要讓我知道你住哪。我每個禮拜都會過去找你。第二，你每個禮拜也要自己選一天回來阿姨家吃飯，這樣做的到嗎？」阿姨說。

「可以啊。只是妳要先等我找到落腳的地方喔。」顧亨淨帶著簡單的行李，就這樣離開了阿姨家。

然而，一走出去，他又再度遇到他人生中另一個方向。

當顧亨淨坐在公園看著手機，找尋著租屋資訊時，有一個老爺爺突然中風，因此倒在地上不起，顧亨淨當下機警的打救護車，所以那位老爺爺幸運的撿回一命。

然而之後在醫院遇到家屬的時候，對方是個約莫五十歲的男子。

「我爸爸是你救的？」對方訝異的問。現在能這樣見義勇為的孩子，不多了呢。

「請你務必，讓我請你吃一頓飯。」雖然是請求，但男人的氣場卻不允許顧亨淨拒絕。

欠顧亨淨的恩情，至少也要讓他請他吃一頓飯。他當時心想。

顧亨淨來到一間餐廳，要不是因為海哥堅持要請客，不然他這輩子也不會來到這麼豪華的餐廳吧。

再往旁邊一看，他還看到旁邊的漁港，上面還有好幾艘船，也有好幾個員工在把魚貨從船上搬下來。

「叫我海哥就好。這是我開的漁船，晚一點帶你上去看看。」海哥說。

「可以嗎？」顧亨淨驚喜的問。也在這時透露出十八歲少年應有的陽光及光彩。

「當然可以。」海哥微微勾起唇角。

餐桌上擺著各式各樣的海鮮，其中一道菜是最大尾的魚，幾乎佔了餐桌的三分之一。

從來沒有吃過這麼豪華的菜色，一開始顧亨淨以為他是在做夢。

他偷偷捏了自己，會痛！所以眼前的菜都是真的。

「想吃多少就吃多少吧，吃不夠我再叫後面的廚房煮。」海哥說。

然而，顧亨淨也看向坐在他旁邊，身材比他壯，皮膚小麥色的男生也拿著一碗飯吃了起來。

「阿丁，你也要吃多一點。」海哥剛好也叫出那個男生的名字，因此顧亨淨知道那個男生叫做「阿丁」。

以前家裡的經濟狀況從來不奢望能吃到這麼好的菜，更不用說吃不夠還可以再加點。顧亨淨感到受寵若驚，他今天離開前，一定要瞭解，海哥這個人到底在打什麼主意！

這時腦海也閃過阿邱的身影，事情過去三年，轉眼間，阿邱也離開了三年。

除了阿姨跟表哥，這世界上大概沒有人能對他如此的好了吧？

吃完大餐之後，海哥就帶著顧亨淨走到漁船上。船一駛出去港口，顧亨淨便問海哥：「你要帶我去哪？」

「海邊。」海哥微微一笑。「順便釣魚。」

顧亨淨沒有回答，只是看著海哥在用魚竿子。

「你在找租屋，也在找工作對吧？」海哥突然問道。

「你怎麼知道？」

「調查你不難，我可是黑白道都通吃的人。」海哥笑著說：「不過，雖然說是這樣說，我可是也有在做正當事業的，這漁船公司可是我努力幾十年來的。」

「我年紀也大了，我也沒有結婚生子。有的都只有員工跟一些小弟。」海哥看著顧亨淨，說：「還遇到了你這個恩人。」

「……」

「這樣吧，你可以來我餐廳工作，看你這個樣子，你也不想投靠家人吧？」

雖然自己只是舉手之勞，並沒有要讓海哥欠人情的意思，何況，自己也確實需要落腳的地方跟打工的機會，於是他略微動搖。

就這樣的契機，連起了海哥跟顧亨淨的緣分，直到現在。

眼看紅茶見了底，我也聽完了阿丁說完顧亨淨的過去。

沒有想到，他過去過的如此艱辛。

「海哥對你們不錯吧？」我問。

「他好的很呢！他就像我爸一樣。而且我小時候也是因為一場火災失去了雙親，當時也是海哥在路邊把我撿回來的。」阿丁說。

我看著阿丁，感慨的說：「看來，不是每個家庭都是完美的。」

「妳家庭不完美嗎？」阿丁好奇的問我。

我頓了一下，之後猶豫該怎麼說。

「不過也是，看妳滿獨立的。」阿丁說。

「……」

「好啦，我要去上班了，沒想到我說了那麼久。妳等下有空就去看一下亨淨吧。」阿丁站起身向我揮手之後就離開了。

阿丁離開之後，我依然坐在原地。

聽完有關於他的過去之後，我心中竟然為他感到……心疼。

是我同情心太氾濫了嗎？

可是居然除了心疼，我還多了，很想瞭解他，想靠近他的心情。

「紀孟羽？」阿丁走後沒多久，施又珈出現了，她直接坐在阿丁剛才坐的位子上。

「他是顧亨淨的朋友吧？」她如此問道。而我聞言點頭。

「紀孟羽，顧亨淨跟妳的條件都不錯，我覺得，妳可以給妳一個機會，也可以給他一個機會，我們都看的出來，他是真的喜歡妳。還是，妳到現在還忘不了賀意呢？」

我閉上眼睛，說：「不是忘不了他。其實自從遇到顧亨淨之後，我確實想起過去的次數越來越少了。但是我也開始在害怕……」

「害怕什麼呢？」

我看著施又珈，她正專注的看著我。

「我等妳。」她微笑著說。

「……我怕如果我過的太快樂，太幸福，我會忘記我曾犯下的錯誤。」我喃喃的說：「我不想這樣。」

「就算如此，妳也要為自己自私一次啊。紀孟羽，妳的人生是自己的，不是別人的。」

「即便我傷害的人是我的親人呢？」我問：「如果是妳，妳害了一個原本有擁有美好未來的一個人的人生，妳還能……心安理得的過好日子跟追求幸福嗎？」

「會。」施又珈定定的看著我：「妳說妳害了她，但妳不是故意的對吧？為什麼就因為做錯了一件事情，妳就要全部都扛起來呢？如果對方根本不需要妳的愧疚呢？」

我聞言愣在原地。

「人生真的是妳自己的！」施又珈拍了我的肩膀，說：「我也說過了，活在過去，真的不是辦法，而且，現在有對妳好的人在妳身邊，妳可以自私一回，為妳自己去爭取一段感情。」最後，她笑著說道。

我此刻站在顧亨淨家門口，卻遲遲沒有進去。

眼看去火鍋店上班的時間也快到了，我嘆了一口氣，最終，我還是過不了這關。

過不了，對姐姐愧疚的那一關。

我原本打算轉身離開，但也想到阿丁說他生病，一個人在家沒有人照顧。

不管他到了幾歲，感覺都是會令人擔心的孩子呢。

既然來了，就看一下他再離開吧。

這樣想的我，於是就按了電鈴等人開門再走進去。

站在三樓的房門前，我敲下了房門。

過了五分鐘都沒有人回應，該不會出事了吧？

我心一急轉了轉門把，發現竟然沒有鎖門。

對不起，我知道這樣很沒有禮貌，但也擔心顧亨淨在裡面出事情，我決定直接走了進去。

顧亨淨躺在床上，看起來睡的很沉。

突然想起第一次來他家裡時，他居然是上半身都沒有穿衣服就直接來應門。當下覺得很驚恐，但現在想起來，我卻忍不住莞爾。

看到他被子沒有蓋好，我忍不住失笑，都已經這麼大的人了，還會踢被子。我便幫他蓋上被子，無意間也看到他熟睡的臉龐。

略長的睫毛，看似保養很好的皮膚，其實單純這樣看顧亨淨的外表，還意外的有些好看。

顧亨淨翻身時揉了揉雙眼，當他看到我時，明顯愣了一下。

而我有意識到剛剛這樣在旁邊看他的舉止有點尷尬，於是我摸了摸頭髮，一邊走到旁邊的沙發一邊說：「你醒啦。」

「妳怎在這？」他坐起身。

「我聽阿丁說你不舒服，想說來看你。結果我敲門你沒有回應，我擔心你在裡面一個人發生什麼事情，剛好你也沒有鎖門，於是我就走進來了。」我聳肩，說：「放心，我等一下就要走了，我還要上班。」

「我只是腸胃炎而已。阿丁怎麼老是覺得我生了很嚴重的病？」顧亨淨摸了摸額頭下了床，之後坐在我旁邊，也為我裝了一杯水。

看著眼前的水杯，顧亨淨的聲音又在我耳邊響起：「妳是在擔心我嗎？」

「一個人住，誰知道會發生什麼事情？」我說。雖然我好像也沒有資格說他，因為我也是自己住的。

顧亨淨微微一笑，以往我覺得沒什麼，但現在我卻覺得他笑起來非常好看，而且，我好像也很喜歡看他笑。

「既然你沒事了，那我要去上班了。」我說完便站起身，但是也在站起身的那一瞬間，我同時也被他從後面抱住。

我愣了一下，之後問：「你在幹嘛？」

「就只是想抱妳。」

聞言我往他的腰用力的捏下去，原先在心中那股悸動不知道消失到哪裡去了。

顧亨淨毫不意外叫了很大聲，我微笑著對他說：「誰允許你吃我豆腐的？」

「我病患欸，妳這樣對嗎？」顧亨淨摸了摸剛剛被我捏過的腰部，也不忘說：「很痛欸！」

原本想直接丟下他走人的，但後來也想起他因為腸胃炎的關係沒有去學校，於是我有點心軟，上前問：「你腸胃炎有沒有好一點？有在吃藥……」

話還沒說完，他便把我拉向他。

看著他的眼眸，我的眼睛也就此不動了。

「我希望妳可以對我直接一點。」他唇角微微一勾：「妳說妳擔心我，是代表妳開始在意我了，對吧？」

「……」

在我還沒反應過來，顧亨淨閉上眼睛，他的臉逐漸靠近我的，在他鼻尖的溫熱也越來越靠近。

當時的我，居然也變得不像自己，之後也緩緩閉上眼睛。

他的嘴唇距離我的只差半公分，我的手機卻在這時響起了。

手機鈴聲拉回了我跟他的思緒，他紅著臉趕緊放開我，而我臉頰的溫度也還沒退去。

我趕緊走到一旁，連來電者是誰都沒有看便接起了手機。

「孟羽，上班時間已經過了十五分鐘，妳怎麼還沒來？」店長的聲音從電話另一端傳了過來：「妳今天要請假嗎？」

我訝異的看向牆邊的時鐘，店長沒有騙我!我下午五點上班，現在已經五點十五分，也快十六分了!

「我、我有事情耽擱到了，我馬上過去！」通完電話之後，由於剛剛突如其來的茫然跟曖昧，讓我不敢直視顧亨淨，於是我看著門口，說：「我先去上班了。」

說完，我不等他反應，便離開了他的房間。

騎著機車，我的腦海都是我們剛剛差點接吻的畫面。

我真正迷惘的是，當時的我，竟然不抗拒他的做為，甚至……希望能更加渴望他。
連我都不知道為什麼我會這樣，但是我也知道，現實中的我，是不被允許的……

我用非常快又不違法的速度騎來火鍋店，我也用最快的速度打卡跟換上制服，晚點一定要跟店長還有葉之琳道歉。我心想。

「妳今天有點慢欸。」葉之琳拿著一堆食材走來我面前，她臉上沒有出現任何的不耐，說：「那一桌要加湯，妳去加吧。」

「我知道了。」我說完趕緊拿著裝著湯的水壺去幫那一桌的客人加湯。

但是現在的我，滿腦子都是想著顧亨淨，就是太過專心想著他的事情，以至於湯不只被我加滿，我甚至還被溢出來的湯汁燙到。

「啊！對不起！」我回過神趕緊要收拾自己灑出來的湯汁，幸好客人都沒有被湯汁潑到，這時店長突然出現，他拿著一條抹布過來，他對我說：「妳先去沖冷水。這裡我來。」

「對、對不起。」我說完趕緊跑向洗手間，趕緊用冷水淋在自己被燙紅的手腕上。

沖完冷水之後，我之後也彎腰在洗手台前，用水潑了潑自己的臉，想藉由這樣讓自己可以清醒一點。

我看向鏡子中的自己。紀孟羽，妳要振作一點。

不要再被其他事情影響了。我心想。
深吸一口氣之後，我出來就看到了店長。
「還好嗎？」他溫柔的問。
我見狀搔了搔臉，說：「抱歉，店長。我會努力讓自己狀況好起來的，明天開始我就會恢復到以前的樣子了。」
「下班我請妳跟之琳喝杯飲料，」店長微笑的說：「先不要離開。」
我還沒反應過來，店長已經走進去廚房了。
「他是想到嗎？」
下班的時候，我跟葉之琳在更衣室換下制服時，我突然聽到她這樣說。
「怎麼了？」我好奇的問。
「……沒事。」葉之琳微微勾起唇角，「只是覺得宋以豪他有點莫名其妙。」
宋以豪就是店長的本名。
「反正不管怎樣，店長都是好意嘛，何況今天我也添了不少你們的麻煩，對不起。」我說。
「好意？是嗎……」葉之琳若有所思的重複我說的話，但之後也很快回過神，問出了重點：「所以妳今天到底是怎麼了？」
慌神歸慌神但其實也挺專心聽我說話的嘛！我心想。
「就……」我欲言又止。其實不是不想跟她說，而是現在對於顧亨淨的事情，我卻不知道該如何開口。

「能讓妳這麼失神的人，大概只有顧亨淨了吧？」葉之琳笑著說：「其實妳應該不知道，我大學也跟妳同校，只是我是大三生，在學校也很常看到你們兩個走在一起。」

「真的嗎？」我訝異了，我還真的不知道葉之琳居然也跟我讀同一所大學。

葉之琳微微勾起唇角，問：「所以你們有在一起？」

「沒有。不過今天卻突如其來的，發生了最靠近彼此的事情。」我喃喃的說。

「什麼？」

我這時趕緊捂住自己的嘴巴，怎麼突然就無意識的就差點說出稍早在顧亨淨家發生的事情呢？

「走吧。」這時店長收拾好東西便走了過來。

「宋以豪。」葉之琳突然叫出他的名字，問：「你知道葉雅琳嗎？」

店長先生聞言愣了一下。

「我跟她的關聯性，我不信你沒有猜測出來。」葉之琳微微笑著，「其實我本來就沒有要跟你提這件事情。你也不用想太多，至於飲料，我不怎麼喝，你請孟羽就好了，我先走了。」

看著葉之琳直接拿起包包就離開火鍋店，我略微錯愕，但也看到店長複雜的表情。

由於聽店長說目的地其實不遠，於是我跟他騎了三分鐘的車到達那裡。

只是看到店長要帶我來的地方，居然是在我高中時，姐姐喜歡吃的提拉米蘇的連鎖店。

店長見我遲遲站在門口沒有進去，於是好奇的問：「怎麼了，不進來嗎？」

我聞言回過神，之後滿臉歉意的說：「沒事，我只是想到了過去。」想到了姐姐，還有賀意。

現在的賀意對我而言，只是青春回憶裡，一個過客。

他永遠，都只是個回憶了。

店長點了黑咖啡，而我點了芋頭牛奶，在他結帳之前，我已經搶先結帳了。

「欸妳！」店長見狀原本要阻止我，結果已經來不及了，我的錢已經交給收銀員了。

「讓我請你一次吧，店長。」我笑著說。

店長見狀，無奈的笑著。

夜風吹拂，我跟店長在門口一邊喝著各自點的飲料，一邊沉思。

我想著顧亨淨，但店長此刻想著誰呢？

突然間，我也想到，上次店長對著手機講的話。

『今天，又是想起妳的日子了。』

『你知道葉雅琳嗎？』

看著店長的側顏，我喚了聲：「店長？」

店長聞言回過神來，之後看著我，微笑著說：「現在不是上班時間，妳可以直接叫我名字沒關係。」

「我已經習慣了。」我笑著說。

然而店長一直看著我的臉，一直的看著，看到最後我有點不自在的問：「我臉上有什麼東西嗎？」

「……抱歉，沒什麼，只是看到妳剛剛的樣子，讓我想起以前的事情罷了。以前也有一個女孩子，喝飲料都是她硬要請，從來不讓我付錢。」店長微微一笑。

「是葉雅琳嗎？」我問。

店長頓了一下，之後點頭說：「對，是她。我其實有一直在想，當初看到之琳來應徵時，她跟雅琳會不會是親戚關係？但也想說事情上沒有那麼巧的事情，於是也沒有太過在意。如今，從之琳剛剛說的話猜測，她應該是雅琳的妹妹。」

「……」

「想聽故事嗎？」店長微微一笑。

雖然他是有詢問我，但他好像也沒有很在意我的回應，自顧自的說了起來：「我在你們這年紀的時候，遇到了一個很單純的女孩。因為發生了很多事情，我離開了原本的家，之後遇到了她，她小我兩歲，我也因為她，改變了自己的心態，這樣朝夕相處下來，我跟她也建立起不同以往的情誼。」

「之後，」他看著天上的星星，笑著說：「我放了她鴿子。而她最後也去國外唸書。我們從此就斷了聯繫。」

「為什麼……店長要放她鴿子呢？」我訝異的問。

「她有更好的未來，而不是跟著我吃苦，當時的我才二十初，我能給予她什麼？她的父母當然不可能同意，何況她們家都是家庭富裕的人家，妳覺得如果妳是她的父母，妳會讓妳對女兒在外面吃苦嗎？」店長問。

「……」

「但是，現在的我已經後悔了，」店長微微勾起唇角，「如今想起，當時的我們，只是為了自己的不勇敢找藉口罷了。」

聽到店長這句話，我非常的有感觸，笑了。

「怎麼了？」店長問我。

「我承認，現在的我，就跟當年的你一樣，都在為自己的不勇敢找藉口。」我其實都是知道的。

「上次那個來救妳的男生看的出來很喜歡妳。如果妳也喜歡他，何嘗不試試呢？」店長微笑的問。

這時的我摸了摸口袋，卻意外的摸到一顆仙楂糖。

曾幾何時，我已經習慣了這糖果的存在？

「不好意思，讓妳聽我說那麼多廢話。」店長笑著說：「只是那時候看到妳跟那個男生，都會讓我想到以前。最後，謝謝妳請的飲料。還很不好意思讓妳破費。」

第七章

今天不用上課，也不用上班，我意外的賺到一天假期。

我拿著包包要出門買午餐，一打開門，我卻看到顧亨淨站在門外。

「我原本要按電鈴的，結果妳出來了。」顧亨淨笑著說，口氣跟態度跟平常一樣。

「有什麼事情嗎？」我問。

「我阿姨要邀妳去她家吃飯，她說之前就說好的。」顧亨淨聳肩。

我正在猶豫中，畢竟自己對顧亨淨還是帶點尷尬複雜的情感。

「妳應該不會拒絕吧，嗯？」顧亨淨笑著靠近我。

「你說話就說話，有必要越說越靠近嗎？」我瞇著眼看著他，之後用食指推開了他。

「既然是阿姨邀的話……」我嘆了一口氣，說：「不過我可能需要買個東西去給她之類的。」

「阿姨就知道妳會這樣，她說她不要妳帶任何東西。」顧亨淨說完便拉著我的手，一邊走一邊說：

「她要妳人來就好。」

之後顧亨淨騎機車載著我來到一間房子前，旁邊都還種了幾個小花盆。

「下車吧。」顧亨淨轉頭對我說。

「……喔。」我說完便下了車，方才被他碰過的手腕還有些溫熱。

「妳來了呀。」阿姨走出門口，看到我便揚起溫柔的微笑，「我有準備午餐，妳過來一起吃吧。」

「謝謝阿姨。」我不好意思的說。

在餐桌上，阿姨一邊關心著我，一邊為我夾菜。

她這樣的舉動讓我感受到以前在紀家時媽媽時常也這樣為我夾菜，阿姨的舉動也讓我感受到久違的溫暖，我也一直微笑的跟她說謝謝。

已經多久，沒有跟家人一起吃飯過了呢？

「一個女孩子住外面，父母想必也會很擔心。妳放假有沒有回家走走看看呢？」阿姨問。

然而這一問，我瞬間沉默了下來。

顧亨淨似乎察覺到我的不對，於是開口問：「阿姨，妳問的太深入了。」

「是嗎？」阿姨有點訝異的問。然而坐在阿姨旁邊的允生哥稍微抬頭看了我一眼。

「不、不會啦，」我趕緊說：「我只是，真的很久沒有回家了。阿姨煮的菜也很好吃，我也很久沒有吃到這樣的菜了。」

「妳父母不會擔心妳一個人住嗎？」阿姨好奇的問：「怎麼久沒有回家，妳應該不是沒有錢坐車回去吧？是……有什麼原因嗎？」

顧亨淨聞言看向了我，允生哥則是看著手機。

阿姨溫柔的目光定定的注視著我，使我想把心中的話，在這一刻傾訴給她聽。

「晚點可以找阿姨聊聊，只要妳願意跟我談，我一定願意聽。」阿姨笑著說。

「謝謝阿姨。」感動的情緒瞬間充斥在胸口，化解了我心中一小部分的冰冷。

「聽亨淨說妳有在打工，這樣會不會太累？」阿姨捏了捏我的手臂。

「咦？」我轉頭看向顧亨淨。然而顧亨淨僅是聳肩。

吃完午餐之後，我幫忙收拾碗盤，這時允生哥走來，微笑說：「我收就好，妳去跟我媽聊天吧。」

顧亨淨之後把我拉到旁邊，他說：「來這裡不用太拘謹，妳放輕鬆一點吧。」

「不能這樣說，我是客人呢。」

「我阿姨她很喜歡妳。而且我阿姨也一直都有一個女兒夢，剛好妳幫她實現了。」顧亨淨聳肩著說。

「什麼意思？」

「我阿姨她以前就很希望能為我表哥添一個妹妹，但是後來都沒有結果。剛好妳跟我阿姨也很投緣欸。」

「我也想到，之前煦佳姐不是也很常來嗎？她跟阿姨處不好嗎？」我好奇的問。

「不是不好，就是跟妳比起來阿姨比較喜歡妳，我很瞭解她的，而且既然妳提到趙煦佳，我也順便跟妳說，她前陣子跟我哥分手了，所以妳盡量不要提到這件事，知道嗎？」顧亨淨說。

「知道了，」我點頭，但現在看到他，我也都會想起他過去過的這麼的辛苦，於是我下意識的拍了他的肩膀，說：「辛苦你了。」

「妳會不會看不起我？畢竟我是曾經進過觀護所的人。妳不但不會看不起，也不怕我？」顧亨淨問了我兩個問題，而我兩次都搖頭。

「誰沒有過去，」我微笑著說：「如果我看不起你、怕你，你覺得我還會站在這裡跟你聊天嗎？」

顧亨淨聞言愣住了。

「跟你相處下來，也知道你的為人，何況你的過去……也是身不由己的。」心疼都來不及了，怎麼可能會看不起你呢？

阿姨端出了餅乾跟她泡的紅茶，笑著說：「來，這些都是我做的，妳嚐嚐。」

顧亨淨跟允生哥都在後面洗碗，阿姨笑吟吟的說：「他們兩個其實都挺孝順的。」

「阿姨對顧亨淨而言也是媽媽的存在嘛。」我笑著說。

「是啊，我也把他當成是自己的兒子看待。他之前因為他原生家庭的事情，曾經讓自己差點走錯路還回不來。」阿姨說：「他以前曾經被關進去少年觀護所，原因是參與鬥毆然而有人因為這場鬥毆中死去、重傷。」

「我知道，這些他朋友都有跟我說，」我微微勾起唇角，說：「其實從某些方面來看，我跟顧亨淨一樣，都是無法回家的孩子。但是我跟他的狀況，也不太一樣。」

阿姨沒有說話，只是靜靜的聽我說。

「我爸媽其實很疼我，我還有一對雙胞胎兄姊，只是他們跟我是同母異父的關係，也因為他們小時候因為沒有爸爸的關係受到同學的欺負跟排擠，所以造成我哥哥心態不平衡，之後我媽嫁給了我爸生下了我，他對我的態度一直都非常的冷淡，不過我跟姐姐感情就真的非常的好，跟一般姐妹一樣。」

「但是我哥他現在非常的恨我……」我喃喃的說：「但是我不會怪他，因為我們家之前去海邊玩，我為了救一個溺水的小男孩，姐姐擔心我而跟了上來，結果後來發生了意外，我跟姐姐差點被海浪捲走，也差點沒了命，不過我也犯下了不可挽回的錯。」

我深吸了一口氣，顫顫的說：「我害我姐往後的人生，都無法自己打理了。因為她在意外中撞到腦部導致受創，她的智商也變回跟小孩子一樣無行為能力。這對於從小跟他一起長大的哥哥而言，我無疑是這場意外的罪魁禍首。」

「可是妳為了救那個男孩，不是嗎？最後有救上來吧？」阿姨問。

「有，可是也因為這樣，我姐發生了這樣的事情，我哥不想再看到我，我也不想看到爸媽傷心的樣子，於是我就決定高中一畢業就離開家，與其問說我為什麼不回家，倒不如是說……我不敢回家。」

阿姨聞言，她沒有說半句責備我的話，她溫柔的抱著、也輕輕的拍著我的背，說：「謝謝妳告訴我這些事情，妳很勇敢。」

然而阿姨這句話使我忍不住紅了眼眶，但我也隨即忍住。

「以後，歡迎妳來這裡。」阿姨溫柔說道：「這裡永遠都歡迎妳。」

「謝謝阿姨。」

「當時妳要離開的時候，妳爸媽也一定捨不得妳吧？」

「嗯。」如今想到那天在月台上，姐姐追著我搭乘的火車跑時，內心滿滿的辛酸。

「妳不敢回家阿姨可以理解，但是做為父母的，當一個女孩子在外面生活，只有電話聯繫，是不夠他們安心的。」

「阿姨，」我抬頭看她：「如果妳是我媽媽，妳會怎麼想我？」

「我不會怪妳，絕對。」阿姨摸了我的頭：「不過換個角度想，妳姐姐發生了這種事情，但妳覺得這樣的人生對她而言只有不好嗎？」

我不解的看著阿姨。

「我不是指這場意外是好的。而是意外已經發生了，我們不能以悲觀的角度去看，人生其實越大越苦，如果妳姐姐因為這樣得到了永久的天真，妳覺得對她而言是壞事嗎？」

「……」我還真的沒有想過這種事情，我時常在想，如果姐姐能好起來，那該有多好？

「意外已經發生了，我們不能改變它，只能靠我們自己如何看待它了。」阿姨溫柔的說：「話說回來，如果我是妳媽，我還是希望妳可以回家看一下我。」

阿姨這時坐直了身子，說：「你們兩個要在廚房偷聽多久？」

聞言我便回頭看，顧亨淨跟允生哥一臉裝沒事的走了出來。

「阿姨，其實剛剛哥要出去啦，只是看到妳跟紀孟羽聊的那麼專心，所以就。」顧亨淨說完便聳肩。

想必他們應該都有聽到我跟阿姨的對話內容了。

「抱歉，孟羽妳會介意嗎？」允生哥問。

我聞言微笑搖頭。

離開阿姨家，顧亨淨就騎車送我回去，然而一路上，他卻沉默不語。

停紅綠燈的時候，我突然覺得這樣的氣氛有點奇怪，於是我故作輕鬆的開口：「你今天怎麼那麼安靜？你平常不是很吵嗎？」

「我哪有很吵？」

接著綠燈亮了，他又繼續往前騎。

「阿丁他跟妳說了多少？」顧亨淨突然開口。

我瞬間明白他問的意思，我照實回答：「從你在原生家庭的時候，說到你遇到海哥。他說的，應該是正確的吧？」

「正確的。」

聽著他淡漠的語氣，我的心略微揪緊一下。

「妳過去有難以忘記的人嗎？」他又問。

「……有。只是現在與其說是忘記他，不如說已經放下他了。」

「前男友？」

我搖頭，輕聲的說：「曾經互相喜歡的對象。」

顧亨淨沉默了一陣子。

「你不繼續問嗎？」我開口。

「妳想說就說吧。」

「你想聽哪一個部分？」

「……為什麼最後妳沒有跟他在一起？」

「因為……」我看著天上的星星，微微勾起唇角，說：「比起我，他更看重他的表弟。但是也不能怪他，畢竟他跟他表弟，是從小到大，也是一起吃過苦的兄弟，當年我們三個是好朋友，下課時也時常走在一起，然而發生了一場意外。他被班上一個人針對，最後甚至差點要被潑熱水，最後是他表弟衝出來擋。」

這時車子剛好騎到我家門口，我脫下安全帽下了車，之後微笑的對顧亨淨說：「謝謝你送我回來。」

「妳還沒跟我說後續。」

我愣了一下，不過想想告訴他也無妨：「之後他們兩個都轉學離開了，都是身不由己，尤其是他的表弟，當初來這所高中唸書是他爭取而來的，不然他原本是要讀他父親為他安排的學校。所以他認為，他表弟最後要轉回貴族學校，是他的責任，所以他也跟著離開。所以最後我也沒有打算說出口，因為我知道，就算我當時告白了，我們也不可能會在一起的。」

「紀孟羽，如果是我。」顧亨淨也下了車走向我，對著我說：「我絕對會把妳擺在第一位。絕對沒有人會比妳更重要，我的選擇永遠只有妳。」

「為什麼你會喜歡我？」

「喜歡需要原因嗎？」

聞言我頓了一下。

「難道妳對我一點感覺都沒有？」他又問。

「孟羽啊，這麼晚了，妳怎麼還在外面？這個男生是誰呀？」大伯母這時居然出現在門口，打斷了我即將說出口的話。

「有點晚了，你先回去。」我說完便轉過身，之後也說：「晚安。」

那一天要是大伯母沒有出現，我會說出什麼答案？

怎麼感覺遇到顧亨淨之後，我都不知道接下來我該怎麼做才是好的？

『我絕對會把妳擺在第一位。絕對沒有人會比妳更重要，我的選擇永遠只有妳。』

我值得嗎？

系辦的冷氣開的非常的強，加上那一天夜晚也有點冷，導致我喉嚨有點不舒服，這時突然眼前遞來了一杯溫水。

我一抬眸，顧亨淨拿著那杯溫水放在我面前。

「上課看妳在咳嗽，我在想妳喉嚨是不是不舒服。」顧亨淨之後又說：「然後抱歉，之前我這樣問有點嚇到妳了，我最後也有反省，畢竟那個時間點，確實不適合問妳這個。」

「沒關係，謝謝你。」我微笑的說，之後原本要拿起水杯時。顧亨淨的手覆上我的，使我愣了一下。

我原本要抽出手來，但是我怕杯子因此掉到地上。

「孟羽。」顧亨淨叫了我的名字，使我愣了一下。

「妳可不可以，不要再逃避了？」他看著我，說：「我知道，妳對我不是完全沒有感覺。我也知道過去對妳的傷害很深。可是我希望，妳可以給我一個機會，我想要照顧妳，保護妳。」

「我……」

「妳不也是因為我過去的事情，而因此在意，還有關心我呢？」顧亨淨的雙眼如此的清澈，此刻他的眼裡，只有我的倒影。

「……」

「我之前的告白都是真的，對妳的喜歡也是真的。妳知道嗎？我看到妳，我承認，一開始是覺得妳跟別人不一樣，所以對妳很好奇。直到之後，我才發現原來這是愛，妳聽清楚了嗎？紀孟羽，我愛妳！也是因為妳，我覺得自己好像真正的活著！」

我看著他誠摯的雙眼，我最後還是小心翼翼的抽開我的手，我把杯子放在桌上，之後背對著他，腦袋混亂，不知道該如何回覆他才好。

「孟羽，妳打算要躲我到什麼時候？」顧亨淨說：「我最後沒有一直對妳說我喜歡妳，是因為我那時候就在想我這樣一定會給妳壓力，所以最後我給妳時間跟空間，直到那一天我因為腸胃炎在家休息，妳來我家，那個擔心的樣子，我就在想，妳對我其實也不是沒有感覺的。聽妳昨天說起妳之前心中那個人的時候，其實我很後悔，也很生氣，但是我都是在對自己後悔跟生氣，我後悔自己為什麼沒有那麼早認識妳，生氣老天爺為什麼那時候沒有把我們的緣分在那時候就牽起來。如果那時候我出現的話，妳是不是就不會遇到這些事情。」

聞言我的心痛了起來，原先積在眼眶的淚水，此刻已經按捺不住，滑落了下來。

「拜託妳，孟羽，只要妳給我一個機會來證明，我是這個世界上最愛妳的人，好嗎？」

我用手抹掉眼淚，之後回頭看著他，說：「很抱歉。我不該給你希望的。」說完，我便拿起包包離開系辦。

走進只有我一個人的電梯裡，我捂著嘴巴，不讓自己哭出聲。

顧亨淨這麼好的人，我不值得擁有。

很抱歉，顧亨淨，我這輩子大概是跨不了自己那一關了。

葉之琳之後對店長的態度跟以前一樣客氣，這讓我感受到她的成熟。

「畢竟這是我姐姐跟他的事情，我無權干涉。我姐現在過的好那就好了。」在更換制服時，她這樣跟我說。

店長對待葉之琳也是跟以往一樣，他們的互動沒有太大的變化。

他們選擇隱藏過去，一樣的在過日子。

每個人的心中，總會有一兩件埋在心裡的祕密。

昨天再度從顧亨淨身邊逃開之後，我發現我想起他的次數依然還是很多。

『我知道，妳對我不是完全沒有感覺。我也知道過去對妳的傷害很深。可是我希望，妳可以給我一個機會，我想要照顧妳，保護妳。』

不得不說，當下我聽到這句話，我非常的感動。

我也像他說的不是完全對他沒有感覺。

而是我根本沒有幸福的資格。

奪去別人快樂的人是有什麼資格得到幸福？

儘管施又珈叫我自私一點，但我每當想要自私起來，心中的罪惡卻也相對的高。

哥哥憎恨冰冷的眼神依舊在我腦海揮之不去。

我是不是一個人過日子會比較好？

這樣不會有人因為我放了感情，到頭來還是被我給傷害到了。

「發呆呀？」店長的聲音響了起來。

當我站在冰箱旁邊當外場人員時，店長從旁邊的小窗戶探出頭叫了我：「剛剛一直在叫妳呢。要叫妳幫這鍋湯拿去給第三桌的客人。」

「好，我馬上端去！」我說完趕緊端湯過去。

「妳啊，又被顧亨淨影響了嗎？」

回到工作崗位上之後，葉之琳也剛好結完帳走來我旁邊。

「嗯？」我抬眸看著葉之琳。

「我剛剛有接到顧亨淨訂位的電話喔，他晚一點會來這裡吃火鍋。」她懶懶說道。

聞言我睜大雙眼，接著轉身叫了店長：「店長。」

「怎麼了？」店長探頭出來。

「讓我提早下班，我之後會把時間補給你。」我對他鞠躬：「對不起，就當作我今天請假了，扣我薪水沒有關係。」

不顧葉之琳跟店長錯愕的目光，我趕緊跑去更衣室用最快的速度脫掉制服，也用最快的速度離開火鍋店。

直到現在，我還是不知道該如何面對他。

其實如果可以，我也希望不要再跟他有交集。

以免我，或者是他，都越陷越深。

今天又突然興起想回家的念頭。想到阿姨之前的鼓勵。

『話說回來，如果我是妳媽，我還是希望妳可以回家看一下我。』

握著手機的手顫抖著。說實在的，不想念紀家是騙人的。

只是每次當媽媽問起我有沒有要回家時，我都會連帶想起那場在海邊的意外。

我閉上眼睛，深吸一口氣之後，按下了媽媽的通話鍵。

「……轉接到語音信箱。嘟聲後請留言。」機械式的聲音在我耳邊響起。

「沒有接呀……」我喃喃的說。

走下火車月台之後，我頓時有點反應不過來。

原先空蕩的火車前站，如今附近開起了幾間店，像是小間的速食店跟咖啡廳，甚至還有服飾店。

「才幾個月沒有回來，這裡的火車站就變得那麼豪華呀？」我頓時有點訝異。

走出火車站時天色也逐漸暗了下來，我伸手攔了計程車，去我想去的地方。

坐上計程車之後，我沒有打算馬上回到紀家，而是先去墓園替奶奶掃墓。

奶奶入土已經將近三年，我清掃旁邊的樹葉，拔了一下在周遭長的有點高的草。

奶奶，我回來了喔。

對不起，居然那麼久沒有來看妳。

我對著奶奶在心中說出這些話。

就這樣跟奶奶墓上的照片對望五分鐘之後，我雙手合十，離開了墓園。

當我越接近紀家，我的心也就跳的越快，昔日跟家人一起相處的回憶也隨之襲來。

就算哥哥依舊不會給我好臉色，也阻止不了……我想家的真實心情。

我躲在巷口，我家就在巷口第二間，在這裡我還看的到我們家客廳的電燈是亮的。

原來他們今天在家。

我深吸一口氣，最後用力點頭，準備走出去時。

媽媽帶著姐姐走了出來，然後有一台車開在門口，然而那台車是爸爸的車。

姐姐看起來很開心，她穿上了一件粉紅色的洋裝，開心的上車，然而媽媽跟最後出來的哥哥也陸續上了車，之後爸爸就開著車揚長而去。

我就站在巷口，目睹了這一切。

剛剛紀家看起來氛圍如此的幸福，彷彿跟我是不同世界。

我微微勾起嘴角，看來我回家的不是時候。

但也幸好我沒有馬上回紀家，不然這樣的氣氛一定會毀在我手裡。

最後，我轉過身，在街上四處閒晃。

一滴水滴滴到我的鼻子上，我仰頭一看，發現下雨了。

今天都沒有注意到天氣預報，所以我沒有準備任何雨具。

不過這點小雨不算什麼，至少我還撐的到車站。

在雨中走呀走的，突然發現在涼爽的雨天散步，也挺幸福的。

媽媽他們果然沒有我，是會過的更好。

剛剛我有看到哥哥跟媽媽的互動跟神情，就跟以前一樣的融洽。

我離開果然是好的，沒有誰為難誰的問題了。

雨越下越大，我站在路口，等待著號誌的轉換。
看似在等，卻也不像在等。
我也不知道自己在等什麼。
雨此刻越下月大，但我也不在乎自己身上幾乎全濕。
綠燈了，我稍微回過神來，原本要跨步時，有一個傘瞬間替我擋住了雨。
我微微一愣，抬眸定睛一看，居然是顧亨淨。
他撐著一把傘，但幾乎把傘都給我撐了。
「妳的頭髮跟衣服全濕了。」他吶吶開口。
我微微斂下目光，說了聲：「我沒事啦，不會冷。」
「你怎麼在這？」我又問。
「今天早上剛好回來這裡看一下我過世的爺爺奶奶。」顧亨淨說：「沒想到我們居然也住在同一個城市。」
「嗯，真的很巧。」
「我剛剛看到了，妳親眼看到妳家人上車出門。」
見我看了過去，他又說：「我沒有故意要偷看的意思，我原本剛好路過看到妳，原本想要叫妳，結果……」
「沒關係，」我微笑的說：「反正你也知道我家的事情，我這次回來，也只是單純想看看他們過的好不好，確實過的不錯，那我就放心了。」

「不要再裝了好嗎？」顧亨淨突然開口。

「什麼？」

「妳明明就很難過，為什麼要在我面前裝沒事？我們兩個之間還需要假裝嗎？」顧亨淨的口氣越來越激動。

「我為什麼要在你面前裝？」

「那為什麼妳那天聽到我的訂位電話馬上下班離開？」顧亨淨逐漸逼近我，說：「我那天不是真的要來吃火鍋，我只是想要測試妳是不是不在意我，妳如果不在意我，妳跑什麼？」

「你為什麼要那麼幼稚？」我語氣也激動了起來：「既然你說我們之間不用假裝，那你應該明白我的心情才對呀！」

「我叫妳不要假裝，是叫妳不要再逃避了！」顧亨淨說完，便直接湊近我，把他的唇貼在我唇上。

我原本想要推開他，但他的力氣太大了，我根本無法推開。

他的舌頭逐漸滑進我的嘴裡，原先抗拒跟他接吻的我，但我心裡對他的渴望，還有熱情，卻也在這場雨中，毫無顧忌的釋放。

我緩緩的伸出手擁抱他，閉上眼睛，也回應他的吻。手中的傘也因此掉落在地上。

舌尖交纏之忘我的情況下，我也流下了眼淚。

原來，我比我想像中的還要愛顧亨淨。

『要不是她多事去救那個溺水的人，孟慈會跟去嗎，剛剛醫生說過了，孟慈傷到腦部，起來可能無法恢復到以前的狀況，紀孟羽能夠負責嗎？』

『妳毀了孟慈的人生。是妳！都是妳！』

『妳有什麼資格站在這裡！』

『我無法跟這個毀掉從小到大跟我一起生活的妹妹的人住在一起！孟慈是我的一半，她現在這樣，等於我的人生有一部分被她毀掉的！』

因為想起哥哥對我的控訴而意識到這點的我，趕緊睜開眼睛，用力的推開顧亨淨。

顧亨淨訝異的看著我，他的眼裡充滿不解跟受傷。

剛剛我到底是怎麼了？怎麼迷惘到連自己都不知道在做什麼？

哥哥的話立刻把我拉回現實，他的眼神當時就在告訴我：毀掉別人幸福的人沒有資格幸福。

我摸著剛剛跟顧亨淨接吻過的唇，之後閉上眼睛大聲說：「我不能這樣，這樣是不對的！」

「為什麼？我們兩個互相喜歡，是錯在哪？」顧亨淨搖晃著我的肩膀，繼續說著：「我知道，我一直都知道妳其實是很在乎我的，即便妳一直逃開，即便妳一直裝作妳不在乎！妳可不可以為妳自己多想一點？妳這樣犧牲自己來為別人活，我看了很心痛妳知道嗎？」

看著他逐漸泛紅的眼眶，我抿著唇，先把自己對千言萬語壓抑下來。

如果可以，我也想要自私一回啊。

可是自私的後果，就是罪惡跟後悔。

我會怕。

「拜託妳好不好，可不可以跟我一樣，勇敢追求自己想要的感情？妳這樣不但對我不公平，也對妳很不公平啊！」顧亨淨懇求著。

我趕緊走到旁邊，我閉上眼睛，為此刻的情況感到迷惘。

雨依舊下著，沒撐傘的我以及顧亨淨，此刻都已經淋濕了。

但我們誰也不在乎。

「回答我啊！」顧亨淨在後面大聲質問。

「我要怎麼勇敢？」我回頭看著他，心痛的問：「如果你害一個人的人生毀掉了，然後你還心安理得的過好日子，這樣的幸福你還敢追求，還敢要嗎？」說著說著，我的眼淚再度落了下來：「是，我不像你這麼的勇敢。因為我覺得比起我，你更適合更好的女孩子！」

「這些都是藉口！我不接受！小時候根本沒人在意我，我爸不在家，我媽不管我，我外公外婆也沒那個心思管我的事情，從小就是如此。我原本想說這樣平淡過一生也無所謂，即使遇到海哥他們我也是這樣想，直到遇見妳，妳讓我知道什麼叫做珍視！妳為什麼寧願要這樣也不要……」

「因為我沒資格！」我忍不住吼了出來。

顧亨淨聞言愣在原地。

「我沒資格得到幸福，」我也紅了眼眶，繼續吼：「因為我奪去了我姐這輩子能擁有的幸福，所以我沒資格！」

「不是這樣的！是妳顧慮太多了，真的。不然這一切由我來扛，我為妳擋住。」

我怔怔的看著他，他微微勾起唇角，哀戚的說：「我願意幫妳除去所有的阻礙，我也願意為了妳，去到最深沉的地獄。」

我的眼淚越掉越兇，也壓抑不住哽咽的哭聲，我搖頭道：「我不要這樣，我不要你為了我做這些事情。我姐已經因為我而不幸了，我也已經失去幸福的權利了。」

我微微掙脫他的手，他反而抓的更緊，他搖頭，說：「不會的，妳放心。給我一個機會，拜託妳給我一個機會。拜託妳好嗎？」

看著他的眼淚，我於心不忍，但是也必須狠下心。

「抱歉。我們還是……不要再有交集會比較好。」我說完，便掙脫了他的手，之後忍住眼淚的轉身頭也不回的走人。

在轉身之際，我還聽見了，顧亨淨那撕心裂肺的哭聲。

每聽一次，我的心也跟著痛一次，眼淚也從來沒有停止過。

對不起，說再多的對不起都沒有用。

我不會請你原諒我。我哭著在心裡對他說。

漆黑的房間，我呆坐在沙發上。思緒亂哄哄的，沒有靜下來的一刻。

看著擺在桌上的那一堆仙楂糖，我先是看著它們發愣了一會兒，之後拿起一顆，拆開包裝紙，把糖果放在舌頭上，品嚐著酸酸甜甜的滋味。

也許今天過後，顧亨淨就會很討厭我了吧。
這桌仙楂糖吃完之後，也不要再買了。
該戒的習慣，都戒吧。
從明天開始，讓自己的心情跟生活，都恢復到之前那樣。
今天下課我馬上衝去火鍋店，店長這時居然已經在店裡了。
「還有一個小時才開門，妳怎麼現在就來了？」店長訝異的問我。
「想說之前跟你提早下班過一次，那就藉由今天把時間補回來吧！」看著裡面的生鮮食材，我說：「店長要把這些食材用保鮮膜包在盤子上嗎？那我來吧。」我自告奮勇的做起工作，也想藉由忙碌來忘掉先前的事情。
店長似乎對我欲言又止，但被我無視了。
當食材包的差不多也拿去冰箱放完之後，葉之琳也剛好來上班了。
「我有話要跟妳說。」她看到我就直接說這句。
「如果是顧亨淨的事情那就不用跟我說了，我們已經沒有往來了。」我微笑著說。
「在妳提早下班那一天，他不久就來了，然後他也知道妳會離開。」葉之琳說。
「……」我手中的動作停了下來。
「妳明明很在意他，那一天宋以豪也有看到，我們跟他聊了很久。」葉之琳說：「他很喜歡妳，妳明明也很在意他，妳為什麼有一直躲他？妳不是心裡有人，就是妳過去有陰影。」

「我心裡沒有人。」我淡淡的說。
「店長，可以通融我一小時嗎？」葉之琳叫住了走過去的店長。
「當然可以。」店長了然於心，於是點了頭。
「走。」葉之琳說完就拉著我往外走。
「等一下，現在是上班時間！」我說著。
但是葉之琳壓根兒就不理會我，逕自把我拉離火鍋店。
此刻的我們坐在一間火鍋店附近的茶館內。
「一杯摩卡。」葉之琳看完菜單，對著服務生說道。
「……茉莉綠茶。」我說。
「為什麼要帶我來這？」我問。飲料之後也送了上來。
「妳跟當初的我姐有點像，看了很煩躁。」
「妳什麼都不懂。」
「但是妳這樣理直氣壯傷害別人，有比較好？」
聞言我頓了一下。之後說：「我知道傷害顧亨淨是我不對。可是……」
葉之琳定定的看著我，等著我說下去。
「我姐因為我出了一場很嚴重的意外。她往後的人生都需要人家照顧，我哥不諒解我，我為了不讓家裡的氣氛越來越糟，我選擇來到這裡。妳懂了我的意思嗎？我姐是我害的。她明明有很好的未來。」

「妳的人生是妳姐姐的嗎？」葉之琳問了這句。

「……」

「妳的姐姐願意看到妳這樣自責到放棄自己喜歡的人，傷害別人，也傷害自己嗎？」

「……」

「勇敢一次好嗎，紀孟羽。」葉之琳說：「即使當年宋以豪跟我姐的感情影響她多深，她也依然相信總有一天會遇到她的真命天子。」

葉之琳之後撫著我的手，說：「紀孟羽，妳那麼漂亮又那麼的隨和，不要妄自菲薄，放掉了屬於妳的幸福跟快樂。顧亨淨原先是個充滿怨恨的人，我也發現他遇到妳他也變了很多，上次跟他聊天時，我也有發現他跟以前比起來變得更穩重，還更可靠。」

我聞言微笑，說：「妳今天講話情緒轉很快呢。」

「那是因為我有把妳當成是我朋友啊，妳就把我的話聽進去啦。談戀愛跟妳的過去完全是兩回事，妳想想，如果妳身邊有了對象，妳媽媽也會因為妳在外面有個可以照顧妳的人而放心啊。」

「想太遠了。」我莞爾。

「我是認真的，妳的條件那麼好，顧亨淨配妳也配的上！」葉之琳看了看牆上的時鐘，說：「好啦，一小時快到了，我們要好好上班了。」

我微笑的把飲料喝完，之後跟著葉之琳一起走回火鍋店。

除了剛剛的開導，我還有發現，原來葉之琳早就已經把我當成是朋友了。

怎麼感覺有點開心？

其實，如果說能讓我相處感到自在的，除了施又珈，再來就是葉之琳了吧。

「妳最近怎麼都沒有再吃仙楂糖了呀？」施又珈問。

「每天吃其實有點膩。所以就沒有再買了。」我回答。

施又珈先是沉默了一陣子，之後問：「妳今晚不用上班吧？」

「嗯，今天排休。」

「那妳知道這附近有間廣場開了一家很好吃的義大利麵麵店吧？」施又珈突然問。

「有啊，不過不是開了有一陣子了嗎？」我問。

「對啊，想問問妳晚上要不要陪我去那裡吃晚餐。」她俏皮的眨眼。

「好啊。」我不假思索的回答。

「終於可以去朝聖了！」她開心的說。

聞言我微微一笑，之後約定好時間就各自回家去了。

晚上七點，我準時出現在廣場。

我只有耳聞過這裡開了很多小吃，沒想到如此的熱鬧。

施又珈跟我約在那間義大利麵麵館，她稍早傳簡訊給我，說到了就可以直接進去點餐。

很久沒吃義大利麵的我，加上現在是晚餐時間，肚子也餓了起來。

總之，就先進去看看可以點什麼吧！

於是我轉開門把，走進了店裡。

桃紅色的燈光微微照亮室內，而且，裡面居然沒有半個客人。

天花板掛著幾條彩帶，旁邊還有氣球裝飾。

「這是？」我不解的呢喃。

「妳來啦。」

廚房在右手邊，我聽見了顧亨淨的聲音從那裡傳來。他端出了一盤白醬義大利麵放在桌上，奶香也撲鼻而來。他笑著對我說：「今天這個地方我包了下來，施又珈也是我串通好的，原本要找阿丁邀妳，但這樣妳一定會發現跟我有關，怕妳不來。」他先解釋著：「義大利麵是我叫我表哥教我怎麼做的，妳願意的話，可以嚐嚐嗎？」

我聞言微笑，之後在椅子上坐了下來。

「你有做你的份嗎？」我問。

他頓了一下，之後搔著頭說：「沒有欸，剛剛滿腦子都在想準備妳的料理，卻沒有做自己的。」

「一起吃吧，」我說：「要嗎？」

顧亨淨聞言，露出了溫柔的笑容，之後點頭。

我跟他就共吃一盤義大利麵，說真的，依顧亨淨他的說法，他是第一次做義大利麵就能做的那麼好吃，其實很厲害了。

我喝了一口紅茶，之後微笑對他說：「很好吃，謝謝你。」

他聞言抬頭看著我，深情的。

「我沒有想到自己可以身處在這麼浪漫的環境下吃著義式料理。」我微笑著說：「而且，還能吃到你做的料理。」

「雖然吃起來的味道不像專業的那麼厲害跟好吃，不過……為了妳做料理的心意，我自認不比他們差。」

我聞言沉默了下來，顧亨淨見狀，說：「妳不用緊張，我今天邀妳過來，並不是像之前一樣強迫妳面對自己的感情，前陣子我也為自己的失態來向妳道歉。」

我趕緊搖頭，顧亨淨握著我的手，繼續說：「聽我說，好嗎？」

見我沒有再說話，他微笑的說下去：「那一天回去之後，我有好好反省跟思考，兩個人之間的感情，並不是妳喜歡我，我也喜歡妳這麼的簡單，有時候，也需要時間跟耐心，我知道妳的傷還沒有完全痊癒，我先前真的不該那麼的急。」

「以後，」他溫柔的看著我，說：「我不會再強迫妳面對自己的感情，但是我會繼續的等妳，用心的等待，妳不要說妳沒有資格，在我心裡，妳比誰都還來的重要，我之前說的話也是真心的，只要妳願意把妳自己交付給我，妳要全世界，我一定給妳全世界。只要妳需要我，妳轉身之後，一定找的到我。」

我聞言眼眶逐漸泛紅，鼻子也瘦了起來，口中義大利麵白醬的甜味也隨之變得苦澀。

「就算妳最後愛上了別人，那也沒有關係，我會永遠祝福妳、愛著妳。」

顧亨淨說完這句話，我心中彷彿有個部分已經崩塌了。

眼淚忍不住而開始潰堤，我趕緊拿了一張旁邊的衛生紙擦拭眼淚。

腦海裡也閃過無數跟他相遇的種種，最後一個畫面，則是停在我們在雨中親吻的時候。

「顧亨淨，」吸了吸鼻子，我開口：「我真的值得你這樣嗎？」

「因為是妳。」顧亨淨肯定的說。

『直到遇見妳，妳讓我知道什麼叫做珍視！妳為什麼寧願要這樣也不要……』

我閉上了眼睛，卻怎樣也止不住淚，最後索性站起，「抱歉，我去外面冷靜一下。」

「孟羽。」顧亨淨在後面叫了我的名字。

我停下了腳步，也聽到他立刻說了下一句：「我會等妳。但是妳不要有壓力，因為等妳，是我自己的選擇，我不會怪任何人。」

聞言我再也站著不動了。眼淚依舊不停的從臉頰滑落下來。

『我也說過了，活在過去，真的不是辦法，而且，現在有對妳好的人在妳身邊，妳可以自私一回，為妳自己去爭取一段感情。』

『會。妳說妳害了她，但妳不是故意的對吧？為什麼就因為做錯了一件事情，妳就要全部都扛起來呢？如果對方根本不需要妳的愧疚呢？』

『妳的姐姐願意看到妳這樣自責到放棄自己喜歡的人，傷害別人，也傷害自己嗎？』

『談戀愛，跟妳的過去完全是兩回事，妳想想，如果妳身邊有了對象，妳媽媽也會因為妳在外面有個可以照顧妳的人而放心啊。』

再度睜開眼睛，此刻我心裡也下了一個重大的決定。

我轉過身，顧亨淨這時也抬眸看我。

我抿著唇，最後回頭抱住了他。

「孟、孟羽？」顧亨淨似乎被我這樣的舉動嚇到了。

「你說的對，」我越抱越緊，「我真的不應該想的那麼多跟一直逃避，感情是我們兩個人的事情，只有我們可以做主的，對吧？」

顧亨淨聞言，全身顫了一下，之後也環抱住我，同時我也聽到了他的哭聲。

「對不起，害你等那麼久，」我哽咽的說：「不過我不會再逃避了，謝謝你這麼的愛我，愛我這個只會逃避的人，謝謝。」

之後，我便主動吻上他的唇。我們兩個，就在浪漫佈置的義大利麵麵館，忘我的吻著，此刻只有我們兩個，我想好好的把握這得來不易的幸福。

愛情雖然苦澀，卻帶了浪漫跟得來不易的幸福。

「紀孟羽，有人來找妳啦。」

在火鍋店幫客人算完帳之後，我就聽到葉之琳這樣對我說。

從櫃檯探頭一看，顧亨淨笑嘻嘻的站在那裡。

「我還在上班。」我一邊收盤子一邊說。

「我知道，所以我來探我女朋友的班呀。」他如此的回。

看著葉之琳憋笑的樣子，我壓低聲音說：「不要這樣子。」

跟顧亨淨交往到現在，已經過了兩個多月。這段時間內，我們其實都過的平淡且安穩。施又珈當初知道我跟顧亨淨在一起的消息，也表示感到欣慰。

「反正妳也快下班了，男朋友等女朋友下班不是很正常嗎？」顧亨淨笑著在旁邊問我。

「少油腔滑調。」我對他翻了白眼把盤子收走，但心中卻升起了雀躍感。

聽說在熱戀期很容易變成戀愛腦，該不會我就是吧？我搖了搖頭。

「交往了嗎？」在下班前，店長還特地問我。

「對啊。」我不好意思的笑著。因為前陣子顧亨淨比較忙，而我也不會特別把這件事情到處說，所以店長這時才知道是正常的。

「店長再見，之琳再見！」我說。

「他在外面等妳了，快去吧！」葉之琳笑著說。

我走到後面門口，顧亨淨就背對著我坐在機車上滑著手機。

看著他這麼專心玩手機沒有注意到我，於是我心一動，直接從他後面抱住他。

「下班啦？」他不但沒有被嚇到，還很淡定的問。

「你沒有被嚇到嗎？」

「小姐，妳知道有後照鏡嗎？」顧亨淨指了指他的機車後照鏡。

「好吧，不好玩。」我走去我的機車旁拿起了安全帽。

「好啦我配合妳一下。」之後顧亨淨便裝出很驚恐的表情，使我忍不住笑了出來。

只有在顧亨淨身邊，我才有得以感受到喘息，跟久違的放鬆跟快樂。

顧亨淨堅持送我到家門口，我忍不住吐槽：「才住在隔壁而已，不要特別陪我到家門口啦。」

「妳是女孩子，那麼晚回去還是不太好。而且有我在也才不會有人趁機對妳下手。」他神氣的說。

「你是當這裡的治安有多差？我之前都自己一個人回來也都沒事。」我失笑著說。

「現在不一樣了。」顧亨淨說：「欸，進去前，」說完比了比自己的臉頰，「不用親一個嗎？」

「幼稚。」我說歸說，但也順從的往他臉頰上輕輕的啄了一口。

但是這個男人在跟我交往後好像變得很沒有克制力，他下一秒把我按在牆邊，開始吻上我的唇。

早就知道他會這樣，但是我也不討厭，在只有路燈照射下，我們就在家門口的圍牆互吻著。

「妳最近跟顧亨淨還好吧？看妳開朗了很多，有走出來一些了吧？」施又珈問。

「他對我很好啊。」我笑著說：「至於過去……我也已經放下了，除了家裡的事情，我還需要時間吧。」

「至少妳已經勇敢的跨出去一步，有時候為自己自私一回，沒有任何錯的。」施又珈拍了拍我的肩膀。

「謝謝妳當初鼓勵了我。」我誠懇的說。

「都是朋友，說什麼謝啦。」施又珈這句話使我心頭上添上一份暖意，她眨眼著說：「而且看你們相處的那麼好，那就好啦。」

聞言我微笑點頭，是啊，會越來越好的。

第八章

假日電影院的人潮總是很多。

經由阿丁推薦最近有一部電影非常的好看，於是我跟顧亨淨就約好周末一起去看電影。

在電影院裡，顧亨淨看著我手上的爆米花，他說：「我要。」

我聞言拿起了一顆，他居然直接張嘴，要我餵他。

「這裡是公共場所啦。」我壓低聲音說。

「大家都在看電影，不會管我們啦，快點。」

「真受不了。」我說歸說，還是把爆米花放在他嘴裡。

看著他滿足的吃著爆米花的樣子，我也忍不住笑了起來。

但是這部電影卻是悲劇收場，劇中男女主角為了追求愛情受到了許多的阻礙跟磨難，好不容易可以在一起，卻在一場意外中男主角死去了，女主角最後受不了失去男主的打擊，最後選擇自殺。

我無法接受這樣的結果，就算走出電影院我還是抽離不住情緒，一直拿著衛生紙哭泣。

「我的天啊，妳到現在還在哭？」顧亨淨訝異的看著我，還把我攬在懷裡，心疼的拍著我的背。

「誰叫那部電影那麼的令人傷心！阿丁怎麼推薦這麼虐的電影？」我帶著有哭腔的聲音問道。

「所以啊，我們現在就很幸福，對吧？」他問。

我抬頭一看，之後說：「你不會離開我的，對吧？」

「不會。」他肯定的說，之後他抹去我的眼淚，說：「好了啦，妳長得那麼漂亮，一直哭都哭花了臉。」

看著他的舉動，我一直看著他，我什麼時候……變得越來越愛他了呢？甚至覺得這一輩子，我都決定跟定他了。

為了分散我的注意力，顧亨淨帶我來旁邊的紀念品館。

「我阿姨之後要出國了。」顧亨淨一邊逛一邊跟我說。

「我之前有聽說過允生哥之後要去進修，阿姨也要跟他去嗎？」我問。

「對啊，幾年之後才會回來，所以想買個紀念品送給她，算是感謝她這些年來對我的照顧，當然，一個紀念品區區不足表達我的心意。」顧亨淨說。

「不會啦，不管你有沒有送，你阿姨都會很開心你有這份心意。不過。」我看到一個玻璃小鋼琴的吊飾，說：「我記得阿姨以前學過鋼琴吧？送她這個她應該會很喜歡。」

他也看著那個鋼琴，微笑著：「一定會的。」

於是我們就決定買這個吊飾送給阿姨，畢竟之前也受過阿姨的照顧，也因為阿姨，我那一次才會鼓起勇氣回紀家，雖然沒有成功，也雖然不知道還會不會再有勇敢的一次回去。

之後我還看到了一個柴犬的對杯，我叫住了在前面的顧亨淨，他轉頭一看，我就馬上指著對杯，說：「我們買這個好不好？」

「好啊。」他直接答應了。

買完了紀念品之後，我心滿意足的抱著裝著紀念品的袋子。

「今天出來玩開心嗎？」他問。

「開心呀。」我笑著說。

回去之後，我拿著柴犬的其中一個對杯，另一個則是在顧亨淨那裡，坐在沙發看著被子。

這時手機響了起來，是媽媽打來的。

我頓了一下，之後接起：「喂？」

「孟羽呀？最近妳有要回來嗎？」媽媽問。

我還沒回答，我就聽見了姐姐在旁邊的聲音：「是妹妹嗎？我想跟她講話！」

「妹妹，妳有沒有要回來？我好想妳喔！」姐姐的聲音響了起來。

「喔……有空的話當然會啊。」我選擇了最安全的回答。

「有空真的要多回來走走，知道嗎？大家都很想妳。」媽媽最後這樣說。

大家……嗎？

最後我回了一個知道了之後，通話就這樣結束。

我聽著空虛的嘟嘟聲，才明白很多事情看似已經釋懷，唯獨親情。

「睡了嗎？」顧亨淨這時傳了訊息給我。使我回過了神。

「還沒。」我回覆著。

「也是，剛剛原本要打電話給妳，結果在通話中。」他快速回了這句。

「打開窗戶吧。」他之後又丟了這句。

見狀我走到了窗戶旁，打開窗戶，剛好看到隔壁幾間的他站在陽台那裡朝我揮手。

「你也還沒睡呀？明天早八呢。」我提醒著。

「睡過頭的話妳可以來叫醒我啊。」他笑著說。

「我才不要。」我故意的說。

「妳不會那麼狠心。」他則是這樣回。

「我媽媽剛剛打電話給我。」沉默了一下，我決定說給他聽。

「嗯？」

「她問我什麼時候回家。」我苦笑回應。

「孟羽。」他的聲音迴盪在空中，說：「如果妳想回去，我會陪妳一起面對。妳相信嗎？」

我抿唇點了頭，之後說：「可是……」

「因為姐姐，妳不敢，我也知道，」他微微勾起唇角：「我相信妳總有一天會鼓起勇氣的，就像妳當初鼓起勇氣接受我一樣。」

而此刻我們兩個凝視著對方。

「如果我能像你一樣堅強，那該多有好。」最後，我這樣說。

顧亨淨的過去過的比我還辛苦，但是如今卻比我還豁達。

「妳是指我一直厚著臉皮接近妳直到妳願意當我女朋友是嗎？」他此刻這樣說，但我知道他是故意要讓我轉換心情。

然而這招真的有用，我馬上笑了出來，最後嘴硬的說：「你少臭美！趕快去睡啦！不然明天我就真的不管你了！」

「妳要來叫我起床喔。」

「我才不要。」

隔天一早，我在門口果然都沒有看到顧亨淨，我知道他還沒去學校，因為他的機車還在。

「果然還是睡過頭了齁！等下看我怎麼唸你！」我看著手機上的時間，現在是早上七點二十五分，買個早餐進去學校預計七點五十五分。

我嘆了一口氣，之後走到他家樓下。

應門的人都知道我是顧亨淨的女朋友，他笑著說：「男朋友還沒起床啊？」

我靦腆的笑笑，之後走上二樓。

走到他房門，我摸了一下門把，發現沒有鎖。

整晚沒有鎖？不怕有人跑進去嗎？

我打開了門，果然看到顧亨淨還躺在床上。

我走了過去搖了搖他的肩膀，「顧亨淨！起床！」

見他還是沒有反應，我又搖了他肩膀一次：「顧……」

我還沒叫出他的名字，他居然把我拉到他懷裡。我因為重心不穩也就這樣跟他躺在同一張床上。

「你故意的嗎？」我大喊著，原來他早就醒了啊！

「我是要來看看妳會不會來找我，昨天是誰說不會來叫我的？」顧亨淨笑著問。

「你？！」我直接再度往他的腰用力捏下去，他果然又叫了一聲。每次只要他故意不聽話，我就會直接這樣對付他。

「真的很愛捉弄我欸！」我站起身手插腰，說：「原來你衣服也穿好啦？」

顧亨淨坐起身，笑著說：「我門故意不鎖，夠明顯了吧？」

被擺了一道！

「孟羽。」

「嗯？」

「明天下午沒有課對吧？」

「對啊。」

「想不想跟我去一個地方？」

「去哪裡？」

「妳這樣問，代表妳答應了喔。」他從後面環抱住我，在我耳邊低語著：「到時候妳就知道了。」

中午一到，我便坐上顧亨淨的機車，因為他今天早上叫我不用騎車，他要當我一整天的司機。

「到底要去哪呀？我們約會那麼多次，唯獨這次最神祕。」我說。

「那裡是我表哥離開台灣前告訴我的一個地方。聽說那裡很美。」他一邊騎著機車一邊說。

「真的嗎？」

他點頭，說：「他向我推薦那裡很漂亮，叫我帶妳去走走。」

我的雙手環抱住他的腰，接著把我自己靠在他背上。

「紀孟羽，妳現在變得這麼依賴我呀？」

「你少臭美。」我哼了聲。

然而，我在後照鏡看著他的笑顏，我也忍不住微微勾起唇角。

心中的傷還沒完全痊癒，但此時有他在，可以帶我暫時遠離，不再碰觸。

顧亨淨要帶我來的地方是一座河濱公園。

這公園很廣大，旁邊還有賣冰淇淋、棉花糖、風箏以及一些小玩具的攤位。

一路騎來這裡，我們都流了汗，於是我們兩個人就去買了冰淇淋來涼快一下。

顧亨淨買了巧克力口味的冰淇淋，而我則是買了香草口味。

「巧克力好吃嗎？」我問道。

「妳先吃看看。」顧亨淨把他的巧克力冰淇淋遞給了我，我則是自然的咬了一口。

然而顧亨淨也彎下腰吃了我手中一口的香草冰。

「好吃，果然買不一樣口味的冰淇淋是正確的。」他笑著吃著我剛剛吃過一口的巧克力冰，接著我看看手上的香草冰淇淋，露出了微笑。

「我沒有放過風箏欸，」顧亨淨突然開口，問我：「妳放過嗎？」

我點頭，之後說：「小時候我爸有帶我去放風箏一次。」

顧亨淨看著賣風箏的攤子，我好奇問道：「你想放嗎？」

他轉頭看我，似乎在看我的意願。

「那就去買一個來玩呀。」我說完就牽著他的手來到賣風箏的攤位。

我們買了一個白鶴造型的風箏，我教顧亨淨如何放線跟收線，之後我原本要放開他讓他自己放，結果他卻把我拉回來。

他定定的看著我，微微勾起唇角：「陪我一起放吧。好嗎？」

我愣愣的看著他，之後點頭。

「拉回來拉回來！要撞到別的風箏了！」我趕緊拍他的肩膀，他見狀也趕快拉走我們買的風箏。

我們一邊放著風箏一邊奔跑著，像個孩子一樣。

收完線之後，我拿著風箏，跟顧亨淨坐在旁邊的長椅上休息。

看著其他人開心的放風箏，也有一家人帶孩子來玩的，我看著坐在身旁的顧亨淨，也回想起他的童年並不快樂。

每當想到他的過去，我就覺得好心疼，於是我抱住了他。

「累了嗎？」他問，之後也用手摸了我的頭髮。

我搖頭，微笑著說：「只是想抱你而已。」

我聽見顧亨淨的笑聲。他的手放在我的手上，之後，十指緊扣。

隔天下午我跟顧亨淨在附近的大賣場採購一些東西，回來時走到巷子附近，我心猛然一跳，拉著顧亨淨躲在旁邊。

「怎麼了？」顧亨淨疑惑，他原本要探頭出去，最後被我攔住了。

站在我住所門口的人，是我的爸媽。

看著跟大伯母聊天的他們，我頓時沒有勇氣走出去。

我深吸一口氣，之後對顧亨淨說：「他們就是我的爸媽。」

沒有想到，他們居然會自己找來。

「我知道了。」顧亨淨之後稍微探頭出去看，說道：「不過他們也沒有要馬上離開的意思，妳打算要一直在這裡嗎？」

「……」我頓了一下，因為就算這時要去顧亨淨家，也務必要走出去。

「不然，我去幫妳跟妳的家人說吧？」他突然開口。

「說什麼？」我心猛然一揪。

「說妳還沒回來啊，還在學校。」顧亨淨微微勾起唇角：「這樣他們應該就不會一直等了。」

「不過，我爸媽會問你是誰，你要怎麼回答？」

「我可以直接說我是妳的男朋友。」他笑著說：「妳爸媽應該不反對妳談戀愛吧？」

我搖頭，之後小聲的說：「麻煩你了。畢竟我……還沒有完全做好見他們的準備。」

「那我就當作去是見未來的岳父跟岳母。」他笑著說。

「都什麼時候了還在開玩笑？」我佯裝瞪著他。

「我不認為是開玩笑啊，」他稍稍探頭，之後對我說：「我先去摟？」

我點頭之後，接著大伯母進了屋，爸媽也打算要離開。顧亨淨便直接走了出去。

我依舊站在這裡，等待他的一分鐘，卻像一小時這麼漫長。

我盯著地板，心想著要怎麼面對……自己以前在紀家犯下的大錯。

我知道自己無法躲一輩子，卻消極的希望能拖一天也是一天。

我愛紀家，也愛姐姐，所以看到他們變成這樣，身為罪魁禍首的我更加不敢面對。

這時，有個雙腳映入眼簾。

我將視線往上移，顧亨淨專注的看著我。

我微微愣了一下，原本想要探頭出去看看，卻聽到他說了：「他們已經離開了。」

我不知道該不該鬆一口氣，我看著顧亨淨，他什麼話也沒有說，只是站在我旁邊。

「我爸媽……應該沒有對你說什麼不好聽的話吧？」我問。因為此刻顧亨淨的樣子有點反常。

「沒有，相對的，妳爸媽還很感謝我可以照顧妳，不過，」他看著我，說：「我很肯定一件事情，就是他們非常的想念妳。妳父母跟我父母不一樣。雖然妳說過我們兩個都是不能回家的孩子，但是妳得到的愛，比我還多。」

聞言我心一揪，「你還有我啊！」

這句話就這樣從我口中而出。

「我知道，」顧亨淨牽起我的手，說：「但是有親人在等待的感覺，我能明白。像當年我阿姨也在觀護所外面等了我三年。妳的爸媽是真的希望妳可以回家，他們也知道妳是因為妳姐姐的事情，妳媽媽跟我說了一句話，要我轉達給妳。」

「……什麼？」

「只要妳回來，妳就會知道真相。」

當下我迷惘了，不懂媽媽這句話的意思。

「孟羽，妳還記得我對妳說過，所有的一切，我會為妳扛著吧？」「記得，只是怎麼突然問這個？」

「回紀家吧，紀孟羽。」他說：「妳不敢回去，我陪妳一起回去。就算要面對妳哥哥的冷言冷語，就算要面對妳姐姐的轉變，我也為妳擋住，所以，妳別再害怕跟逃避了。好嗎？」

「妳爸媽跟我講了很多妳的事情。我也不覺得妳姐姐的事情是妳的錯。我阿姨也有開導妳過，她也是鼓勵妳回去，不是嗎？」他又說。

我抿著唇，之後把臉埋進他胸口。

「我是不是真的很膽小？」我悶悶的說。

「不會。妳都已經拋開顧忌跟我在一起了，相信妳也會拋開顧慮回紀家。」他摸了摸我的頭髮，又說：「我還是看的出來，紀家還是需要妳的。」

坐在火車裡，我坐立不安，雖然早上有傳簡訊跟媽媽說我會回去，媽媽則是回覆她會準備很多我愛吃的菜，也有問我會不會帶男朋友回家？她跟爸爸想要好好認識他。

「放心吧。」顧亨淨握著我的手：「妳那麼樂觀的人，怎麼這時候卻如此的慌張？」

「……我已經半年左右沒有跟家人面對面說話了。」我低下頭。

顧亨淨沒有說話，只是握住我的手，這樣的舉動也讓我的不安稍稍緩下。

雖然我很在意，媽媽所謂的「真相」，到底是什麼？

看著窗外的風景越來越熟悉，我的心也越跳越快。

等待的，會是什麼？

「孟羽，起來了。」

睜開眼睛，顧亨淨把我搖醒，我都不知道自己何時倒在他肩膀上睡著了。

「到站了。」他說。

我看著窗外，果然，是我最熟悉的景色。

門一打開，顧亨淨就牽著我的手，帶著我走了出去。

「亨淨。」才走下月台，我拉著他的袖子。

「我在，別怕。我陪妳一起面對。」他拍著我的肩膀，說：「妳其實也很想念紀家的對吧？」

我抿唇，之後點了頭。

抓著他袖子的手也滑了下來，他見狀則是繼續牽著我的手，步出月台。

然而走出月台，我就看到兩個熟悉的人。也就是我的爸媽，他們就站在不遠處。

「孟羽在那裡！」媽媽先看到我，她開心朝我小跑步過來，然後抱住了我。

爸爸對顧亨淨微笑點頭，之後也抱住了我。

「什麼時候交男朋友也不跟爸爸說一下。」爸爸雖然這樣說，但聽的出很高興。

「媽媽等妳很久了，孟羽。」媽媽哽咽的說。

「爸，媽。對不起，這麼久才回來。」我眼眶發熱的說。

「回來就好，以後要多回來，知道嗎？」媽媽輕輕拍著我的背，絲毫沒有怪我的意思。

之後媽媽看著我身後的顧亨淨，笑著說：「你叫亨淨是吧？謝謝你陪孟羽回來，上次遇見你，我就覺得你可以好好的照顧孟羽。」她看著我的臉，笑著說：「果然照顧的很好，孟羽現在看起來很快樂。」

「阿姨，孟羽是我女朋友，我還打算要照顧她一輩子。」顧亨淨說著便握住我的手，我微微的愣住了，他這樣是在求婚嗎？

「當我女婿可是要經過我這關的。」爸爸特意板起面孔，媽媽跟我見狀都笑了出來。

「回家吧，孟羽。」媽媽摸了我的臉，「是太久沒看到妳了嗎？怎麼覺得妳更漂亮了呢。」

「哪有。」我不好意思的說。

「亨淨，阿姨也有準備你的飯菜，等等要多吃一點喔。」媽媽笑著說。

「謝謝阿姨。」顧亨淨說完還看著我，我對他微笑著。

「妳的房間媽媽也沒有動過，所以妳回去絕對不會感到陌生。」在車內，媽媽笑著說。

「姐姐一個人在家好嗎？」我問。

「孟哲在家陪她，妳放心吧。」開車的爸爸說著。而顧亨淨就坐在副駕駛座。

原來哥哥也在家。我心想。

「妳想知道的真相，回去媽媽會說給妳聽。」媽媽眼眶泛紅的看著我，說：「真的不要再自責了，乖。」

車子快速的開到紀家，下了車之後，媽媽帶我來到後院。

姐姐綁著雙馬尾，穿著洋裝，手中也抱著那隻兔子娃娃。狀況似乎跟我當初離開時一樣沒有改變。她開心的拿著粉筆在地板上畫了花、草，還有一些火柴人。

媽媽見狀先微笑上前，溫柔的問著姐姐：「孟慈，妳在畫什麼呢？」

「我在畫花朵，還有小草。」姐姐之後指著旁邊的火柴人，說：「這是我、爸爸媽媽還有哥哥，最後還有妹妹。」她指著最小隻的火柴人。

我見狀眼淚再也忍不住掉落下來，顧亨淨雙手搭著我的肩膀。

「孟慈，妳看看媽媽今天帶誰回來了。」媽媽說完便站起身，姐姐也跟著站了起來。

對上眼的那一刻，我跟她的視線都不動了。

「嗨。」她向我揮手。

「去吧。」媽媽把我推到姐姐的面前。

「妳是來跟我玩的嗎？」姐姐突然問了我這句，使我有點茫然。

我疑惑的回頭看著媽媽，媽媽則是微微勾起唇角，說：「畢竟妳太久沒有回來了，雖然說她記憶中還記得妹妹，不過太久沒見，她也就忘了妳長什麼樣子，不過妳跟她說妳是誰，她就會知道了。」

「妳叫什麼名字呀？妳長得好漂亮喔！他……」姐姐指著顧亨淨，問：「他是妳的男朋友嗎？」

「姐，我是紀孟羽。是妳的妹妹，之前有說好，如果我交了男朋友，一定要帶回來給妳看看，如今，我已經把他帶回來了喔。」我笑著說。雖然鼻頭依舊酸著。

「紀孟羽……」姐姐努力思考，看來，她對這個名字有點陌生了。

「我想起來了！」結果姐姐開心的說：「她是我妹妹對吧？」

姐姐此話一說，媽媽開心的流下眼淚，而我只是愣愣的看著她，喃喃的說：「姐姐……」

「我妹妹孟羽，是個善良又漂亮的孩子喔！從小啊，我就很羨慕她，也很喜歡她。」姐姐原本開心的說著，結果之後臉色卻黯淡了下來，「只是，可能我惹她不高興了吧，她已經好久好久沒有回來了，我好想她喔。」姐姐又說：「妳下次如果有看到她，可不可以幫我轉達她，我很想她，叫她回來，好不好？」姐姐天真的看著我，看的我心好痛。

我上前抱住姐姐，任由眼淚滑落。

「妳、妳別哭啦！妳是不是身體不舒服？我帶妳給醫生看好不好？」姐姐著急的拍著我的背。

「沒有，妹妹是看到妳很開心。」媽媽過來拍著我的肩膀，「我們進去吃飯吧，先去洗手。」

待情緒穩定一點之後，我們就進了屋。

走進屋子裡，哥哥剛好從廚房走出來。

「哥。」我打招呼。

原本以為我會像以前一樣被他無視，沒想到他這次對我點了頭。

這令我始料未及。

媽媽微笑著拍著我的肩膀，說：「坐著吧。」

「媽，我去幫妳端菜出來。」我趕緊說。

「我去幫忙就好，妳難得回來，先坐一下吧。」沒想到哥哥如此說道，儘管語氣依舊冷淡，但他的態度跟以前比起來就像是判若兩人。

我愣在原地看著哥哥跟媽媽走進廚房，顧亨淨拉了拉我的手，說：「坐吧。」

「對啊，妳就坐嘛！」坐在對面的姐姐笑嘻嘻的說。

坐定位之後，大家也開始一起吃飯，一開始，餐桌上的氣氛有些沉悶，使我有點尷尬。

「孟羽，妳大學生活還可以吧？」爸爸開口問。

「還可以喔。打工生活也很平常。」我回答。

「亨淨是妳的同學嗎？」媽媽問。

「對。」這回是顧亨淨回答。

「你們在一起多久啦？」媽媽好奇的問，之後笑著說：「畢竟孟羽交了男朋友，我們也多該瞭解你一點呀。」

「阿姨。我跟孟羽已經在一起三個多月了。」顧亨淨微笑的說。

「你們家是做什麼的呀？」爸爸問。

「爸！」我原本要打住這個話題，結果顧亨淨毫無顧忌的說：「我從小就沒有跟爸媽住在一起，感情也沒有說很好。所以從小我都是爺爺奶奶帶大的。我以前也住在這裡。」

「原來是這樣。」爸爸先是頓了一下，接著點頭：「你高中也跟孟羽同校嗎？」

「我沒有讀高中。」結果顧亨淨坦然的說。

我略帶錯愕的看著他。

「畢竟我以前做錯過事情，國中的時候就在觀護所裡面度過。」顧亨淨笑著說：「畢竟自己做過的事情，就是要坦然面對。不如就都一開始先跟阿姨叔叔他們說清楚。」

「這……」媽媽有些嚇著了，但好像也理解到自己問的太深入。

我其實根本不在意顧亨淨的過去，不過不知道爸爸跟媽媽會不會顧慮到這點。我感到有些不安。

我試圖開口，結果聽到爸爸笑著說：「這年頭，像你這樣能夠勇敢說出自己的過去錯誤的人，滿少的呢。叔叔欣賞你。」

我微微愣了一下，之後媽媽也笑著說：「過去犯了什麼錯我們也不會特別去追究，你看起來也不像是個壞孩子。只要記住以後不要走回頭路就好了。知道嗎？」

「不過，要當女婿，你大概還要有很長的路要走喔。」爸爸說道。

「我會努力的。」顧亨淨此話一說，使我臉頰熱了起來。

看樣子爸爸跟媽媽對顧亨淨的印象不算太差，太好了。我微微鬆了一口氣。

「妳陪我去買糖果好嗎？」吃完飯之後，姐姐拉著我的袖子，天真的問道。

「當然可以。」媽媽這時笑吟吟的出現：「妳們姊妹很久沒有相處了，孟慈想吃的糖果在我們以前常去光顧的雜貨店。就在紅綠燈過去右轉第一間，妳還記得嗎？」

「我記得。」我說完便看向在一旁跟爸爸下棋的顧亨淨，而哥哥就坐在他旁邊觀看。

想不到顧亨淨居然會下棋。

因為以前，家裡只有爸爸會下，姐姐只會一點，其他人都完全沒有興趣，所以在家裡爸爸大部分都是自己一個人在下棋。

所以剛剛他一知道顧亨淨會下棋就像是撿到寶一樣，拉著他說要玩個幾場。

顧亨淨這時抬眸看著我，對我露出微笑。

「別看我女兒，趕快下棋！」結果被爸爸發現了。

如此祥和快樂的氣氛，使我想哭。

這一切，如此的令人懷念。

「真好吃！」姐姐吃著棒棒糖，滿足的笑著。

我帶著姐姐去以前常去的那間雜貨店買糖果，老闆娘看到我便笑吟吟的說：「妳不是紀家的小妹嗎？好久不見啊，讀大學了吧？」

「對啊，我讀大學了，這次有空回來走走看看。」我笑著回應。畢竟老闆娘也算是從小看我長大的。

老闆娘看著姐姐，露出微笑著說：「孟慈，阿姨再送妳一包棒棒糖好不好？」

「好啊！」姐姐開心的說。

「老闆娘，這樣不好吧？還是我再付妳錢？」我說完原本要掏錢包，卻被阿姨攔住了。

「不用那麼見外，大家都認識那麼久了。」老闆娘笑著說：「一包棒棒糖也沒有多少錢，不會怎樣啦！」

見老闆娘不允許拒絕的氣場，我誠懇的說：「謝謝阿姨，下次我來會買多一點的。」

「有妳這句話就夠了。」老闆娘笑著說：「陪伴親人是一件很快樂的事情喔。離開家鄉後，都會特別想念呢。」

聞言我微微一笑，沒有說話。

回過神來，我看著一旁的姐姐，笑著問：「好吃嗎？」

姐姐聞言笑著回答：「很好吃喔！我打算留一個給爸爸媽媽，還有哥哥，還有妳的男朋友。」

而我微笑點頭。

「我跟妳說喔，我妹妹啊，她從小就很聰明，可是也很調皮，不過性格很好又很開朗，所以以前很多男生喜歡她喔！」姐姐笑咪咪的說。

「真、真的嗎？」我訝異的問。我不知道以前的自己有那麼多男生追。

「對啊！不過啊，我覺得，我妹妹適合更好的人。不知道她現在過的怎樣呢！」

「……」

「對了，我們說好了，妳下次遇到孟羽，一定要叫她回來看我這個姐姐喔！也要跟她說我很乖，這樣她才會回來看我。」

這時我也發現到，姐姐不管現在變了多少，唯一不變的是對我的愛。

我忍著淚微笑的對她說：「會的，她一定會回來的。」

就算這時她認不出我，也無妨了。

姐姐這時突然掙脫我的手，笑著指著對街販賣棉花糖的攤子，說：「我要去買那個雲朵！我要粉紅色的！」

「等一下！要先過馬路。」我趕緊叫住往對面跑的她。

但是現在是紅燈，姐姐這時候跑過去會出意外的！

「姐姐！」這時有一台車開了過來，我趕緊把姐姐拉了回來，我們兩個人也因此跌坐在地。

「會不會走路啊？現在紅燈欸！」開車的人開窗罵著我們。罵完我們就開走了。

姐姐明顯嚇了一大跳，我趕緊安撫她：「沒事的。」

我原本要扶她站起身，但是我的腳踝似乎在剛剛拉回姐姐回人行道的時候不小心扭到了，站都站不直，只好扶著旁邊的路燈。

「妳怎麼了！」姐姐看起來很緊張。

「沒有，沒事。我等一下就好了。」我忍痛微笑的說，不想讓她擔心。

「我、我背妳！」姐姐趕緊把我伏在她的背上，說：「妳剛剛救了我，這一次換我保護妳！」

姐姐天真的話語帶了堅定，使我的心不禁揪緊了起來。

「姐，我可以自己走，妳這樣背著我很危險的。」我擔心的說。

「妳不會很重啦！別擔心，我們家就在前面，就快到了喔！」姐姐開心的說。

姐姐的背很溫暖，也很令人安心。

我看著她的後頸，她永遠，都是我那個溫暖的姐姐。

媽媽跟顧亨淨都在門口，他們看到我被姐姐這樣背回來，都趕緊上前。

顧亨淨扶著我下來，他趕緊問我：「妳怎麼了？」

「腳扭到而已，沒有什麼。」我笑著說。

這時爸爸跟哥哥也走了出來，爸爸見狀趕快拿一張椅子給我坐。

「剛剛我差點被車子撞，是她救了我，才會受傷……」姐姐自責的對媽媽說：「媽媽，她會不會怎樣？我好怕她出事！」

「不會不會，媽媽等一下幫妹妹擦藥就好了，乖。妳很棒喔，還會背著妹妹回來。」媽媽笑著摸姐姐的頭髮。

「妹妹……」姐姐定定的看著我，似乎想在我臉上找尋著什麼。

她的眼眶突然盈滿了淚水，她拉著媽媽，指著我說：「媽媽！她是我妹妹對不對？她是孟羽對不對？」

此話一說，我們在場的人都訝異的睜大眼睛。

「孟慈，妳……想起她是誰了嗎？」爸爸問。

「她是我妹妹紀孟羽啊！」姐姐之後走到我旁邊，也拉了一張椅子坐下，她抱著我，拍著我的背：「我的好妹妹，不要哭，哭哭臉就不好看了喔！」

聞言我直接崩潰，姐姐趕緊幫我抹去淚水，說：「別哭！姐姐永遠都在，姐姐也會一直保護妳。別哭。」像是在哄孩子一樣。怕我哭，怕我傷心。

但是此刻似乎所有壓抑在我心底的情緒也在這一刻澈底爆發，我哭著抱住姐姐：「姐，對不起！對不起……」

千言萬語都說不出口，我只能說的只有對不起，一千字、一萬字的對不起。

「傻孩子。」姐姐微笑著說，此刻她說的這句傻孩子，都跟以前一模一樣，沒有因為什麼事情改變過。

「姐姐……」

「嗯？」

「謝謝妳……」我抽抽噎噎的說：「謝謝妳記得我這個妹妹。」
爸爸跟媽媽眼眶也泛淚，哥哥也是。顧亨淨站在一旁，也為此刻這一幕動容。
「媽媽說要告訴妳真相，她說了嗎？」哥哥進屋時問了我這句。
「還沒。」我搖頭。這大概是哥哥生平第一次這麼溫和的跟我說話，讓我有點不知所措。
「那我來告訴妳一個大概吧。」哥哥拿出一本日記，「這是孟慈的日記。孟慈看似很溫柔，但實際上，她背負的事情太多太多。多到我……」哥哥說完便沒有繼續說下去，僅說了：「媽會跟妳說的很詳細，妳去找她吧。」
顧亨淨這時走了過來，我看著他，問：「姐姐呢？」
「她似乎累了，阿姨帶她去休息。」他微微勾起唇角。
「原來是這樣。」我點頭。
「妳的腳有沒有好一點？」他問。
「有啊，謝謝你幫我擦藥。」我笑著說。
媽媽這時走了過來，她看到我手中拿著姐姐的日記本，微微抿了唇。
「亨淨，你要一起來嗎？」媽媽問。
顧亨淨聞言搖頭，說：「我可以在這裡等孟羽。您跟孟羽就好好的聊吧。」
顧亨淨看似很不正經，沒想到今天卻讓我看到他成熟的一面。明明是我比他早出生兩個禮拜左右，但是他想的，永遠比我多、比我成熟。

走進媽媽的房間裡，姐姐已經睡著了，媽媽見狀走過去幫她蓋好被子，之後拉著我在旁邊的椅子坐下。

「孟羽，其實妳跟孟哲，從小就是一直不需要被擔心的孩子，唯獨孟慈，她小時候也跟孟哲一樣因為沒有爸爸遭到排擠，只是她跟孟哲不一樣，孟哲會反擊回去，孟慈則是默默忍受。」媽媽說。

「也因為孟哲個性比較完美主義，什麼事情都要做到最好最完美，所以媽媽對他很放心，但是孟慈就不一樣了，因為孟哲太完美，所以小時候老師也喜歡拿他們兩個來比較，孟慈在課業方面不比孟哲，所以有時候，她對孟哲難免會有嫉妒的心情，但是比起嫉妒，她其實更羨慕孟哲。」媽媽說完便翻開了其中一頁的日記，滿滿的字映入眼簾，姐姐的心情也都寫在裡頭，一字不漏。

「……哥哥小時候很懂得為自己的未來做打算，也無所畏懼的朝自己的方向走，而我不是，我對未來非常的懵懂，對於人生觀也是隨波逐流。其實啊，不只哥哥，連我妹妹孟羽也是個很有想法的人，真的，好羨慕他們啊，畢竟我再怎麼的努力，也一直都是這樣子。其實我也知道，哥哥對孟羽的心情，就如同有時候我對哥哥產生嫉妒又羨慕的心情是一樣的，只是哥哥已經習慣對孟羽有這樣的情緒，而我跟哥哥是從小一起長大的兄妹，我不可能一直都對他這樣。但有時候，夾在他們兩個中間，還挺難過的。而且我嘴巴也不像孟羽那麼甜，表現也不像哥哥這樣亮眼，有時候我也在想，紀家如果沒有我，是不是比較好呢？」我喃喃唸出姐姐寫在裡面的事情。

「孟慈在大學生活，其實也過的不快樂。」媽媽說完便帶點哽咽：「我怎麼都沒有及時發現到她的心事？」

聞言我訝異的看著媽媽，說：「姐姐她怎麼了？」

「孟慈一直都不快樂，她把她的心事藏的太深太深了。她跟妳還有孟哲不一樣，妳跟孟哲都是把情緒寫在臉上。而她不是，所以我才會疏忽她的心情。」媽媽失落的說。

我繼續低頭看著日記，沒有想到，我印象中那時常對我展開笑顏的姐姐，居然私底下忍受那麼多的事情。

像是姐姐在大學原本以為交到知心的朋友，也遇到一個很好的直屬學長，也時常跟那個學長一起討論功課。

她的朋友有一天藉由她來認識她的直屬學長，她一開始接近姐姐是這個原因。

之後那個學長似乎對姐姐有意思，那個朋友知道之後就開始在學校散佈謠言說姐姐搶了她的男朋友。

哥哥知道這件事當下氣的要揍她那個朋友，但是被姐姐欄下來了。

直屬學長之後一直追求著姐姐，但姐姐明顯沒有想要接受他的意思。但在學長不間斷的追求下，姐姐有些心軟，畢竟那個學長個性算不錯，對姐姐算是很特別的好。只是校內喜歡他的女生太多，所以時常有八卦發生。

不過哥哥就是不喜歡那個學長，他甚至還罵了姐姐，一切的事情都是那個學長引起的，接受追求才是傻瓜之類的話。

哥哥似乎私下有找那位學長，最後那位學長就不了了之，之後再也沒有找過姐姐。

姐姐的心情非常的難過，只有她知道她跟那學長的事情，哥哥總是看了表面在處理事情，她難得有了自己可以決定的事情，卻被哥哥這樣阻擾了。

學長的離去、朋友之前散佈的謠言也越演越烈，導致她在一些人眼裡，就已經有了不好的傳聞。

這對自己原本就很沒有自信的她卻顯得更頹靡。甚至也不知道如何面對自己的哥哥，只有在我面前，她才能放輕鬆，雖然，她有時候也會很羨慕我，也覺得她跟我還有哥哥，根本是不同的世界的人。

難怪哥哥剛剛說過姐姐背負的事情太多，他的意思是他無意間也傷害到姐姐了是嗎？

我從來沒有覺得姐姐哪裡不好，相反的，羨慕的人是我。我也很羨慕姐姐的溫柔跟隨和。即使在學校她的表現不像哥哥還有我那麼的亮眼，但她是家裡的開心果，紀家不能沒有她，她是個很重要的存在。

「雖然孟慈現在過的很開心……」媽媽哽咽：「我知道我不該說這種話，但是之前，學校的導師有打來，她說孟慈有去找過她，她覺得孟慈心中的壓力太大了，她怕她有一天，會負荷不了……」

「媽，」我緊閉雙眼：「妳沒有錯，錯的人是我，要不是、要不是當年我去救那個小男孩，姐姐也不會因為擔心跟著我過來，更不會發生這樣的事情……」

「不，孟羽。妳救人這件事情其實真的沒有錯，妳姐姐的意外也不是妳的錯，是我，是我以為她跟孟哲一樣都很獨立，所以往往沒有看到她真實的心情。她或許有向我求救，但是我都沒有注意到，發現的時候才知道她心中的壓力已經大到快無法收拾了。」媽媽說完便看向熟睡的姐姐：「雖然這個意外來的太突然，但是至少，現在的孟慈，不論怎樣她都會把她心中的感受都說出來，我也才知道該怎麼跟她相處。事情已經發生了，我們只能接受、接納。妳真的別自責了，要說自責，我會比你們更自責。」

「媽，不要這樣。」我抱著媽媽，哽咽著說：「妳已經是非常好的媽媽了，真的！」

媽媽也抱住我，破涕為笑的說：「對了，至於亨淨。」
這時我也坐起身，看著媽媽。
「我跟妳爸爸剛剛有討論過了，我們都覺得亨淨這個孩子不錯，爸爸跟他下棋的時候有跟他聊天，也有聊到他當初怎麼追求妳的。」媽媽笑著說：「其實我滿欣賞他豁達的個性，雖然一開始，我聽到他曾經在觀護所裡有嚇了一跳，也會擔心他是不是壞小孩。不過也有聽他一開始說，他父母小時候就沒有在他身旁，所以走偏了，但是我發現，他本性很成熟，也很懂事。」
「媽，這我可以跟妳解釋。」我說：「亨淨是個很重感情的人，在他覺得世界上沒有人瞭解他的時候，只有一個人懂他，也經歷過類似的事情，所以很照顧亨淨，雖然說那個人在你們眼中是個混混，不過他卻像是顧亨淨的再生父母。」
媽媽聞言只是摸了摸我的頭髮：「妳很愛他吧？」
我抿著唇，點頭。
要不是他，說不定現在的我還是沒有再度踏進紀家的勇氣。
「爸爸對他印象是不錯，不過媽媽還是會再觀察他的。」媽媽微笑看著我，說：「畢竟女兒第一次交男朋友，當父母的，還是會比較留意。」
「媽，我明白。」我也微笑的抱著媽媽：「亨淨對我非常的好喔！」
晚上的時候也在紀家吃完晚餐，我跟顧亨淨就要回去了，畢竟明天還要上課。
「要多回來走走，知道嗎？」爸爸說。

「我知道。」說完，我便看到哥哥在看我。

「這裡是妳家，想回來就回來。」他轉過頭如此說道。

看到自己跟哥哥關係有好轉，我忍不住微笑，說：「好。」

「妹妹！」姐姐這時跑了過來抱住我：「妳還會回來的對吧？」

「對。」我摸了摸她的頭。

「一定要喔！我會在家裡放很多很多的糖果。」姐姐興奮的說。

「阿姨，叔叔，我們先回去了。我會平安把孟羽送到家的。」顧亨淨微笑的說。

「你下次也可以跟孟羽一起回來呀。」媽媽笑著說。

「對啊，再陪我下個棋吧。」爸爸也說。

「看來，你跟我爸爸處的不錯欸。」我看向他，笑著說。

結果他在我耳邊小聲的說：「當然，因為他是我岳父。」

我聞言當場差點打了他。

回到這座城市後，看著跟顧亨淨十指緊扣的手，於是我提議：「要不要去散一下步再回家？」

「當然好。」他微微勾起唇角。

「這趟回來，有讓妳感到輕鬆嗎？」他又問。

聞言我思索了一下，之後說：「輕鬆是有的，我爸媽算是很接納你，然而，跟哥哥的關係似乎有改善。只是知道了姐姐一直以來壓抑的情緒，我才知道原來她一直都很羨慕我跟哥哥，也承受了不少的壓力。」

顧亨淨聞言沒有說話，只是靜靜的聽著我說。

過了幾秒，他說：「不過妳姐姐現在過的很快樂，至少她不用去在意其他人的想法跟眼光了。」

「嗯，她現在確實會表達她的想法跟心情，不會再把事情往心裡放。」雖然想到還是會心疼。

我們在公園散著步，也回想起白天在紀家的時光。

「不過，你居然會直接第一次見我爸媽時就坦承你的過去。」我說：「這讓我有點訝異呢。」

「會嗎？畢竟這是事實呀。」他倒是不在乎的說：「我覺得第一次見面的時候就該讓妳爸媽瞭解我這個人，以及我的過去。如果之後才坦白，那樣的感覺就不一樣了。妳爸媽可能會認為我是特意隱瞞。而且，我也不是殺人放火才進去的，雖然過去確實做錯了事情。不過，誰沒有過去呢，對吧。」顧亨淨握著我的手也越來越緊：「如果妳爸媽不接受我，那我就會努力的做到讓他們接受我為止。」

「……顧亨淨，我真的沒有想到你顧慮的其實比我多欸。」我失笑著說。

我停下了腳步，而他也是，他回頭看著我，問：「怎麼了？」

「這輩子，我不會放開你的手，你呢？」我問。

「妳是在求婚嗎？」他訝異的揚眉。

「回答我問題嘛！」

他聞言微笑著握緊我的手，說：「當然不會，就算妳想放開，我也不會輕易的放。」

聽到他這句話，我便漾起了幸福的笑容。

我的視線突然暗了下來，顧亨淨低下了頭，他在我的唇上，烙下了一吻，之後也把我抱進他的懷裡，像是希望我能嵌入他懷中一樣。

這一刻，我真切明白到，什麼是「幸福」。

「四月二十二日，是妳的生日對吧？」顧亨淨一早就打給我，也劈頭問了我這句話。

「對啊。」我一邊打掃房間一邊回應。之後也笑著說：「不過我知道你的生日是五月七日，我們的生日也挺近的呀！」雖然當初知道他生日的情況下是有點浮誇。

「不過妳生日那一天在假日，妳媽媽不是邀妳回去慶祝嗎？」他問。

「對啊，不過我們生日接近，我媽說也可以為你慶祝。」

「那真是謝謝阿姨了，」他笑著說：「不過既然妳生日那天要回紀家過，我們也在妳生日之前去吃一頓大餐吧！」

「大餐？」

「是啊！到時候妳就知道了！」

通完電話，我便看向桌曆，我的生日是在下個星期。想不到，我也已經要十九歲了呢。

顧亨淨問我想在哪一間餐廳吃，我想到的是之前我答應顧亨淨告白的那間義大利麵麵店。於是我就提議去那裡。

「也是可以。」他笑著說。

「畢竟那個地方對我也很有意義。」我說：「因為那裡是我跟你在一起的地方。」

其實就算只在家裡過生日，只要身邊有他，這個生日也會很有意義。

我幸福的挽著他的手臂，之後跟著他走到那間廣場的義大利麵麵館。

雖然那一餐的義大利麵不是顧亨淨掌廚，老闆娘的手藝也挺好的。

我跟他故意點不一樣的東西，就是為了上菜之後可以分享對方點的食物。

我拿起叉子叉了他點的番茄義大利麵裡面的小香腸，而他夾走我焗烤飯裡的蘑菇。

雖然這是小事，但卻是我們之間的小樂趣。

今年的生日，一定會過的很開心吧？

因為我已經把生日願望都想好了。

就是希望可以永遠跟他在一起，家人也永遠健康平安快樂。

「妹妹回來了！」姐姐開心的在門口跳呀跳的，我見狀馬上笑著去抱住她。

今天是我的生日，我依約帶著顧亨淨回來跟家人一起吃大餐。

「還有妹妹的帥氣男朋友。」姐姐笑著指著顧亨淨。

「姐姐，妳嘴巴真甜喔，妳說，妳吃了多少顆糖果？」顧亨淨也跟著開起玩笑來。

「不告訴你！」姐姐對他吐了舌，我看著他們，笑了出來。

如果姐姐的狀況跟以前一樣，想必她跟顧亨淨的互動也是如此吧！我想著想著，抱著姐姐的手也越來越緊。

「回來了呀！」媽媽這時也笑吟吟的走了過來。

「對啊。」我笑著說。

久違的親情終於回來了，雖然面對姐姐的情況，我還沒有完全釋懷，不過，看到姐姐現在這麼的開心，心中的愧疚及自責感也逐漸在消失當中。

「等等哥哥回來，我們就可以去餐廳了。」進屋之後，媽媽如此說道。而爸爸坐在客廳看著報紙。

「好啊，不過哥哥去哪啦？」我好奇的問。

「聽說是去處理一些事情，細節他沒有說。」媽媽如此說道。

「那應該是去找同學問作業了吧？印象中哥哥真的超認真的。」我笑著說。

媽媽聞言僅有微笑，之後爸爸又開始打算邀顧亨淨下棋了。不過被媽媽制止了。

「等等要去吃飯了，棋回來再下啦！」媽媽說。

而我偷偷走到爸爸旁邊，問他說：「爸，你是不是對亨淨很滿意？」

「哪有？我只是看他會下棋，才想跟他玩個幾局呢！」爸爸說歸說，但我知道，他其實是真的滿意顧亨淨這個男朋友的。

「他啊，我還要再觀察他一陣子呢！」爸爸說：「雖然我確定的是他將來對妳還有我們不會隱瞞事情。」

「喔？」

「他一開始就直接說他以前待過觀護所啦，有哪個誰敢直接這樣說的？爸爸跟妳說，做錯事並不可恥，可恥的是不面對還逃避又不改。這個爸爸跟媽媽才會看不起。」爸爸說。

「爸，我就說你對他很滿意啊。」我親暱的勾著他的手：「看來我是可以嫁給他了吧？」

「嫁什麼？還不行！他還得通過我這關才行！」爸爸手插著腰大聲的說，引來了在另一邊媽媽跟顧亨淨的注意。

「我回來了。」哥哥這時推開門，走了進來。

「回來啦，等你弄好了再一起出發。」媽媽笑著說。

哥哥先是嗯了一聲，最後目光一直放在顧亨淨身上。

「請問，怎麼了嗎？」顧亨淨也發現哥哥一直盯著他看的眼神，使他有點不自在。

「沒事。」哥哥冷冷的說完就先上了樓，他的眼神很是熟悉，就是以前他常看我的眼神。

我心中微微升起小小的不安，我確定顧亨淨絕對沒有惹到哥哥，可是哥哥卻好像有什麼事情。

「生日快樂！」到了餐廳，媽媽先擺上了生日蛋糕，姐姐看了很興奮，一直嚷著說要切蛋糕。

我跟顧亨淨相視而笑，第一次跟男朋友一起慶祝生日，而且家人也知道我們的關係，不但不反對，還很照顧顧亨淨，使我非常的開心，也很幸福。

「許願吧，你們兩個。」爸爸為我們點上蠟燭，我跟顧亨淨對望一眼之後，同時閉上了眼睛，許下我心中的生日願望。

希望家人永遠健康平安。

希望我跟顧亨淨能一直走下去。

第三個願望，就是希望前兩個願望可以實現。

許完之後，我同時也看到顧亨淨睜開雙眼，最後我們也一起把蠟燭吹熄。

「耶！切蛋糕！」姐姐興奮的拿著切蛋糕刀，開心的切下蛋糕。

這時我發現哥哥一直一語不發的坐在一旁，我開口：「哥，你要吃嗎？」

「我在思考一件事情。」結果哥哥沒有回答我的問題，而是說了我聽不懂的話。

「什麼事情呀？」但是我還是問了。

結果哥哥看著顧亨淨，說：「你之前向我們坦白你跟你的家人關係不好，從小跟奶奶住，甚至還因為做錯事在觀護所裡待過三年左右的時間，是吧？」

「是啊。」顧亨淨微微一笑，但我看的出來他對哥哥犀利的話語有點招架不住，所以他又問：「孟哲哥，你在意我這些過去嗎？」

媽媽原本要開口，但是哥哥搶先說了：「能如此誠實是件好事啦。不過，你發誓你沒有隱瞞我們任何一件事情？」

「什麼事情？」顧亨淨不解的問。

「哥，你到底想說什麼？」我也開口了。

「你們還記得奶奶前幾年出車禍過世了對吧？」哥哥說：「對方還酒駕肇逃。」

「孟哲，你這時講到奶奶要做什麼？」爸爸也嚴肅的問。

「兇手就是顧亨淨他爸。」哥哥冷冷的說：「你還說你沒有事情隱瞞我們，這麼重要的事情，你居然沒有說。你爸爸是不是叫顧淵恆？」

顧亨淨臉色立刻刷白，而我們也訝異的把目光看向顧亨淨。

「顧淵恆的確是我爸的名字沒有錯……」顧亨淨也被這突如其來的消息打擊到了，他顫顫的說：「可是我不知道他……」

「不知道？」哥哥冷笑：「爸，媽。你們怎麼看待孟羽跟殺死奶奶兇手的兒子在交往呢？」

「不是！」我抹掉奪眶而出的眼淚，說：「那是他爸爸的錯，為什麼要亨淨來承擔過錯？」

「你怎麼知道這個消息的？」媽媽嚴肅的問哥哥。

「一開始聽到他名字的時候我就去查了，果然跟我想的一樣。畢竟那個兇手的名字我也有點印象。畢竟跟妹妹交往，對象的底細也要摸通吧？」哥哥說。

顧亨淨的爸爸……居然是當初開車撞死奶奶的兇手？

這個消息太過衝擊了，我無力的坐在位子上，任由眼淚滑落。

第九章

在場的人瞬間沉默下來，爸爸跟媽媽，一句話都不說。

「你一直都沒有說這件事情，如今我已經幫你說出口了。」哥哥說。

「我真的不知道我爸爸過去做過這種事情，因為在我小時候，我跟我爸爸就已經完全沒有聯絡了，我都是給奶奶照顧。我只知道……他前陣子已經過世了。」顧亨淨急著解釋。

而我也站起來解釋：「爸、媽。是就算是顧亨淨他爸的錯，不過，顧亨淨是無辜的啊！對吧！」

哥哥那懷疑的眼神，使我忍不住對他說：「哥！你為什麼一定要這樣？」

「孟羽，我是為了要瞭解妳身邊的對象，以免妳吃虧，結果，妳還真的交到了一個好對象。」哥哥說。

哥哥這番話使我真的聽不下去，我以為他改變了，結果並沒有！

「……我終於明白為什麼姐姐當初會這麼討厭你了。」我冷冷的看著他：「因為你當初也是用同樣的方式，在阻擾姐姐跟她那位學長的感情！」

「我是為妳們好！」哥哥站起身對我咆哮。

「你所謂的好只是為了你自己！」我吼了回去：「很多事情根本就是兩碼子事，你為什麼要混為一談？為什麼要讓亨淨扛這些罪？」

「不要吵架！不要吵了！」姐姐害怕的說。

顧亨淨拍了我的肩膀，然而當我看著他的時候，他卻避開了我的目光。

「對啊，你們兩個……不要吵了。」媽媽壓抑著情緒說：「好好的出來吃一頓飯，孟哲你到底為什麼……」

哥哥聞言愣住了，因為他看到媽媽第一次用這麼失望的眼神看著他，而爸爸的眼神也是透露著失望。

「當年孟慈的事情還是沒有讓你醒悟嗎？」媽媽痛心的說。

最後，我們連蛋糕也沒有吃完，就離開了餐廳，直接坐車回去了。

我對哥哥現在處於非常失望的心情，所以紀家我最後沒有回去。

顧亨淨一路上都非常沉默，我知道他很自責他爸爸的事情，可是他一直不說話，我會更擔心啊！

「亨淨！」我叫住了他。

他緩緩的轉頭，對我露出了微笑。

我見狀趕緊上前抱緊他，堅定的說：「我不會因為這樣就跟你分手。」

他頓了一下，之後也抬起手環抱住我，哽咽的說：「我很抱歉，我根本不知道我爸竟然……」

「不是你的錯，不要說抱歉，真的！」我哭著說：「我不怪你，真的。」

「我真的好恨他……為什麼他是我爸爸。」我聽見顧亨淨的哭聲，他的眼淚也滑落了下來，滴到我的手背上。

我趕緊用我的手指抹掉他的眼淚，希望他不要再難過了。

我們抱緊了對方，我不會因為這件事情放開他的手。

就算爸媽往後對顧亨淨的態度不如以往，我也會努力的讓爸媽再一次對他放心。

這是我應該做的！

轉眼間顧亨淨的生日也到了，不過他有傳簡訊跟我說，他今天打工會打的比較晚。於是我決定去買個蛋糕回去給他個驚喜。

他在海哥開的餐廳工作，下班時間有時候都有點晚。

而我算準時間，買完蛋糕就站在他家門口等他回來。

過了一會兒，顧亨淨果然騎著機車回來了。

「妳怎麼在這？」他訝異的問。

「今天是你生日呀，我還有為你買蛋糕呢，就算你今天比較晚回來，我還是想跟你一起過生日。」

我微笑著說。

「……謝謝。」最後他如此說。

「不用那麼客氣啦。」我說歸說，但對於他突如其來的客套感到不安。

自從我生日過後，他像是有心事般，不怎麼開玩笑了。

我知道他依然為了他爸爸的事情自責。

每當想到他那一天因為真相而哭泣時，我的心也跟著他痛了起來。

走進了他的房間，他把外套隨意丟在沙發上，之後進去浴室洗澡。我見狀拿起衣架，把他的外套掛了起來。

「冰箱有飲料，可以自己拿。」在他進去之前，他如此說道。

我說了好之後，便走向冰箱。

冰箱一打開，雖然有果汁，但同時我也看到了好幾罐的啤酒。

我頓了一下，最後把好幾瓶啤酒都拿了出來，也瞥見一旁的垃圾桶裡都是啤酒罐。

顧亭淨一出來看到桌上擺著啤酒，愣了一下。

「生日這一天，也可以喝這個來慶祝。」我故作輕鬆的說。

我知道他喝啤酒的原因是免不了跟他爸爸開車撞死我奶奶的事情有關，既然這樣，那我就陪他一起喝酒解悶吧。

「壽星，先許願吧！」我把蠟燭點燃之後，蛋糕就遞到他面前。

顧亭淨沒有說話，他下一秒立刻緊緊的抱住我，低聲說：「對不起。」

我心揪了一下，問：「為什麼要道歉？」

隨後我捧著他的臉，微笑的說：「我陪你一起喝呀，沒關係的，不用再跟我道歉了，比起道歉，我更想聽到的是你說你愛我，嗯？」

他緊緊的握著我的手，深怕我消失。

「許願吧！」我微笑的說。

「我想要永遠跟妳在一起，就這樣。」他再次抱緊了我。

我笑了開來，「你這樣就沒驚喜了啊！」

「我的願望就那麼簡單。」

最後我微笑著催促他把蠟燭吹熄，我們兩個就一起吃著蛋糕配著啤酒。

沒多久，我們兩個就醉到癱倒在兩邊的沙發上。

「顧亨淨……」我迷迷糊糊的說。

「……」顧亨淨之後搖搖晃晃的坐來我旁邊。

「我，非常的愛你。所以啊，我不會跟你分手，也不會離開你。」我捧著他的臉，堅定的對他說。

「妳怎麼把我台詞講走了！」他鼓起臉頰說道。使我忍不住笑了出來，「我的亨淨喝醉酒怎麼那麼可愛呢？」

顧亨淨聞言對我露出天真的笑容，使我更加動心了。

等等，喝醉酒一直在發花癡的我是怎樣？酒喝多果然會令人亢奮是真的。所以我們是喝了多少？

最後，濃厚的睡意襲來，我最後倒在沙發上不省人事。

陽光直接照射進來房間，使我吃力的睜開眼睛。

我躺在床上，可是這不是我的床！

而且還有人抱著我睡覺。

我定睛一看，這裡是顧亨淨他家啊！

對欸，昨天在這裡喝酒吃蛋糕為他慶生，最後，我就不知道我怎麼了。

轉頭一看，剛好看到他的臉朝向我，而且雙手還抱著我，睡的很沉。

此刻發現我們兩個人的衣服都好好的穿在身上，幸好，應該是沒有發生什麼關係。

我鬆了一口氣，最後也轉身面向他。看著他的睡顏。

不過，昨天的我們是怎麼到床上來的啊？我努力的回想，就是沒有記憶。

那如果昨晚都這樣，我們不就睡在一起了？而且我都一直在這裡？

想到這我就忍不住拿被子蓋住自己的臉。

「我不要。」

此刻我聽到顧亨淨的聲音。

抬頭一看，我看到他緊皺著眉，似乎做了惡夢。

「我很愛她，我不要離開孟羽，拜託……不要離開……」他說著說著，眼睛雖然沒有睜開。眼角卻滑下了一滴淚。

我見狀心疼了起來，之後環抱著他，我的頭埋在他的胸口，聽著他的心跳聲。

原來，顧亨淨一直都在害怕我會因為這樣離開他。

「我不會離開你，絕對。」我閉上眼回應著他，並承諾著。

顧亨淨的懷裡，是如此的溫暖。

桌上擺著兩瓶的蜂蜜水，是我剛剛去便利商店買回來的。我坐在沙發上藉由喝這個來醒酒，也看著還在睡覺的顧亨淨。

過沒多久，顧亨淨便坐起身，看到我還在這裡，明顯愣了一下。

「喝杯蜂蜜水吧。」我說。

他聞言便下了床坐在我旁邊，他痛苦的揉著太陽穴，可見還在宿醉。

「你每天是不是都在偷喝酒？」我瞇著眼看他。

「……也沒有喝很多啦。」他如此說道。

「昨天是你把我帶到床上的嗎？」我問。

「沒有啊。」他疑惑的看著我：「我一醒來，就是在自己的床上了。妳難道……」

「對啊……」我臉頰也熱了起來，搔了搔臉，說：「我也在你床上。」

不是顧亨淨帶我到床上的，難不成是我自己爬上床的嗎？

「不過放心，我們應該沒有怎樣，只是單純的睡在同一張床而已。」我趕緊解釋道。

顧亨淨的臉頰跟耳根子都紅透了，我們互望一眼，笑了出來。

「答應我，別再喝酒了，也別再獨自承擔任何事情。」我說。

「……」

「我相信我爸媽是明理的。畢竟你也什麼都不知道啊對吧？」我搖了搖他的手。

「知道了。」顧亨淨微微一笑。

「好了啦，生日才剛過，開心一點嘛。」我捏了捏他的臉頰。

「我以為妳會罵我。」他說。

「想太多了。」我微笑著說。

「對不……」在他又要道歉之前，我先吻上他的唇。

顧亨淨倒抽一口氣，之後也回吻了我。

嘴唇離開之後，我用手指摸著他的嘴唇：「不是說過別再說道歉了嗎？」

「嗯。」他點頭，之後說：「我不會再說了。」

他突然把我推倒在沙發上，我看著上面的他，眨了眨眼。

正當他的唇貼在我鎖骨上的那一刻，他的手機響了。

這時我們才回過神，瞬間明白剛剛即將要發生的事情。

顧亨淨趕緊坐直身子，雙手摀著臉頰，說：「我酒可能還沒完全醒，對不起。」

我趕緊拉好自己的衣服，臉頰的溫度也逐漸升高。

要是剛剛沒有那通電話，我跟顧亨淨不就……

我縮成一團坐在沙發角落，僵硬的說：「你趕快接電話吧！」

顧亨淨聞言接起了電話，不過接到電話時，之後只說了：「知道了，我馬上過去。謝謝海哥。」

「怎麼了？」我好奇問。

「海哥說中午要請我去他的餐廳，也就是我打工的地方吃飯，說是要補我昨天生日，因為他昨晚去忙事情。」顧亨淨說：「他說可以的話妳也跟我一起來也沒關係。」

「我嗎？」

顧亨淨聞言搭著我的肩膀，說：「不勉強，我可以……」

「好呀。」我微笑望著他：「你想要我去，我願意陪你去。」

在海哥的餐廳裡，菜一桌接著一桌上，我跟顧亨淨、還有阿丁看著滿桌的菜，現在臨近中午，沒吃早餐的我看到滿桌子菜，肚子也餓了起來。

「今天這桌我招待，不用客氣，算是我補給你們這對小情侶的生日餐。」海哥微笑說道。

「謝謝海哥。」我們三個如此說道。

海哥離開之後，阿丁開心的說：「我也沾了你們的光呢，賺到免費的一餐。」

我微笑看著狼吞虎嚥的阿丁，說：「吃慢點呀。」

「你們也是啊，海哥的餐廳菜色都很讚！」阿丁邊吃邊如此說道。

我跟顧亨淨同時看了對方，最後相視而笑。

我吃了一口鱈魚，眼睛立刻亮了起來，「好吃！」

顧亨淨聞言露出溫柔的微笑，接著夾了幾塊鱈魚給我，說：「好吃多吃點。」

我聞言頓了一下，倒是阿丁皺眉說：「很閃欸！」

這時顧亨淨才笑了開來，這段時間，他總是在勉強自己笑。

然而阿丁貌似也發現這細微的氣氛轉變，他看了我，而我只是微笑搖頭。

沒多久，一群人走了進來，但下一秒餐廳內卻被這些人砸得亂七八糟，其他客人也嚇壞了，紛紛趕緊躲在一旁。我對於這突如其來的場面也感到非常的害怕，顧亨淨護在我前面，說：「不要怕，我在。」

阿丁也是，他也護在我面前，說：「沒事的，應該是來找海哥的，等等找機會離開就好。」

看到兩個男孩護在我的面前，我登時安心了不少，不過，目前餐廳還是被砸的亂七八糟，海哥的小弟也跑出來阻擋，餐廳裡頭頓時陷入了鬥毆情形。

這時顧亨淨後面櫃子遭到撞倒，裡頭的東西全數掉了下來，我大喊了一聲顧亨淨，接著擋在他面前，櫃子的東西全數壓在我身上，沒多久，我的意識越來越模糊了。

顧亨淨的臉也越來越模糊。他趕緊抱起我，眼淚在他眼眶中打轉，「孟羽！妳要不要緊？妳為什麼要這麼傻？不要睡著，知道嗎？有聽到嗎，紀孟羽！」他急得眼淚都流出來了。

我於心不忍，於是原本吃力的抬起手，想替他擦拭淚水，可是我逐漸的使不上力。

接著，我便失去了意識，在閉上眼睛之前，我還是有聽到顧亨淨跟阿丁的叫喚。

所有的事情，就在我醒來之後而產生了劇變。

眼睛睜開，發現自己身處在一個陌生的環境，儀器的聲音，難聞的消毒水味。

我動了一下身子，發現頭傳來了痛楚。

門一打開，走進來的人讓我立刻熱淚盈眶。

「亨淨！」我笑著說，太好了，他沒事。

「妳家人回去幫妳帶換洗衣物，等等他們來，我就要走了。我只是幫忙看一下妳的狀況。」他莞爾說，接著走到我旁邊，幫我倒了一杯水。

「醫生說妳有輕微的腦震盪，休息幾天就好了，只是妳還要住院觀察。」他又解釋著。我才知道我現在在醫院。

他坐在我病床旁，輕輕撫摸我的臉，而我也握著他摸著我的手。

「阿丁他們呢？」我又問。我記得最後我為了保護顧亨淨被櫃子的東西砸到，之後的事情我便沒有印象了。

「附近有目睹者去通報警察，他們都被抓起來了，海哥也在處理這次的事情，他也對妳非常的抱歉，表示妳的醫藥費他會出。」他解釋著，只是淡淡的口吻讓我很不習慣，也很不安。

我拉著他的袖子，說：「不是你的錯，是我心甘情願的！」

顧亨淨頓了一下，他之後閉上眼睛深吸了一口氣，之後把我的手扳開，說：「我們分開吧。」

我聞言心痛了起來，說：「你知道你自己在說什麼嗎？。」

「當然知道。」他深吸一口氣，又說：「我們還是分開吧。」

「我不要！」

「妳不要也得要！」

「為什麼？」我鼻酸了起來：「就跟你說不是你的錯了，你不是也答應我不會再自責了嗎？」

「妳確定我沒有錯嗎？」他口氣也逐漸激動了起來。「妳知道現在的我已經沒有當初的信心說保護妳了，我爸對你們家造成的傷害會一輩子跟著我，這不是妳說妳一句妳不怪我就能抵銷的！而且要不是我要妳陪我去餐廳吃飯，妳也不會遇到這種事，更不用說受傷。」

「顧亨淨！」我起身拉住他的衣服，不顧我現在的傷勢如何，我就是要拉住他，不要讓他離開：「我求你不要離開我好嗎？我不要跟你分手，我不要！」我哭著說。

這時爸爸跟媽媽走了進來，他們看到我這樣，趕緊上前抱著我。

「乖，孟羽，妳現在不能太激動。」媽媽趕緊安撫我，卻也把我的手扳開。

「你們吵架了嗎，為什麼孟羽會哭成這樣？」爸爸擔心問道。

顧亨淨聞言沒說什麼，他僅有微微鞠躬，在開門走出去之前，還回頭看了我一眼，我趕緊搖頭，哭著說：「我不要！拜託你不要走！不要走！」

我看見顧亨淨的眼眶逐漸紅了，他看著我，說：「妳好好保重。」說完，視線便一直停留在我臉上。我知道的，他說這些話不是真心的！

但是之後他還是頭也不回的推開門走出去了。

可是我無法接受顧亨淨突然這樣就離開我，我崩潰大哭著，媽媽抱緊了我，她輕拍著我的背，想讓我平復心情。

爸媽一直安撫我，但是我還是不停的哭、不停的喊，直到醫護人員進來病房，在我手臂上打了一針，沒多久我頭開始暈眩，最後又失去了意識。

「妹妹。」是意識朦朧中，有人摸了摸我的頭髮。

我再度睜開眼睛，姐姐就坐在我身旁，她手上抱著兔子，用她的大眼看著我，看到我醒來，笑著說：「妹妹，妳醒了呀？」

我全身感到無力，只能給予姐姐一個虛弱的微笑。

「不哭不哭。」姐姐拿著衛生紙為我擦拭眼淚。

「姐姐！」我抱緊了她，哭著說：「他是不是真的要跟我分開？」

因為已經過了兩天，顧亨淨真的都沒有再來看我了，傳訊息、打電話他也不接不回。

「乖，不哭不哭，姐姐保護妳。」姐姐起身抱住我，溫柔的拍著我的背，而這樣的溫柔讓我眼淚更加潰堤。最後我在她的懷裡痛哭失聲。

出院之後，媽媽替我向學校請了三天的假，好讓我可以在家裡休養。

我坐在房間裡，姐姐在一旁陪著我，這時候，只有姐姐能短暫讓我忘記難過的事情。

「孟羽。」媽媽這時開門進來。

媽媽坐在我旁邊，溫柔的問：「吃藥了嗎？」

我點頭，之後問：「媽，妳跟爸會討厭亨淨嗎？」

媽媽微微愣了一下，之後說：「妳為什麼會這樣問？妳跟亨淨真的沒事嗎？」

我苦澀一笑，接著把那天在醫院顧亨淨對我說的話都告訴了媽媽，而媽媽聞言則是深深一嘆，心疼說：「這孩子……為什麼要把所有的錯都攬在自己身上呢。」

媽媽跟姐姐抱緊了我，之後我下定決心，說：「媽，對不起，我明天就想要回去了。」

「妳身體還沒好！休息幾天吧！」媽媽說。

「我在醫院其實已經休養的差不多了，醫生也說我狀況不嚴重。」我深吸一口氣，說：「媽，我已經成年了，我也知道在做什麼，讓我好好的處理這件事情，好嗎？」

媽媽頓了一下，之後微笑點頭，尊重我的想法。

隔天早上，家人們送我到車站，不同以往的是，這回哥哥也跟來了。

妹妹跟爸爸也抱著我，最後哥哥走上前，對我微微一笑。

「回去注意安全，到了一定要打電話回來，知道嗎？」哥哥開口。

我沒有回答，只是靜靜的看著他。

「我力求完美，卻忽略了珍惜這個東西，也因為太過追求完美，所以也希望身邊的人可以達到完美，卻也不了解對方對於妳們的意義，直到那一天，我才明白妳的想法。」哥哥微微勾起唇角。

媽媽聞言愣了一下。

哥哥沉默一會，又說：「我真的很抱歉。不應該用小時候的陰影，再來利用完美的藉口在控制及傷害你們。」

我微笑上前，「哥，謝謝你。」

雖然我們之間還是有點生疏，畢竟，十多年來，我們就是以前的相處模式，不過至少，隔閡解除了。

「哥哥跟妹妹，都是最好的，最棒的！」姐姐在一旁開心的說，還比了讚的手勢。

上火車之前，我看著我的家人，最後笑著跟他們揮手。

回來之後，我沒有先回家放行李，而是先走到顧亨淨家樓下，接著按下了電鈴。

順利進去之後，我站在他房門深吸一口氣。

我知道，你不是真心想要跟我分手的。

那天睡夢中你的話語，我依舊也記得。

你到底是做了多大的決定才會跟我分手？是受到了多少的折磨跟煎熬？

我想跟你說，無論如何，我都只想，待在你身邊。

我輕輕推了門，發現門居然沒有關上。

我走了進去，眼前的景象使我愣在原地。

顧亨淨的衣服跟他的東西，全部淨空，裡面只剩下一張床，還有沙發。

顧亨淨不見了。

我癱坐在地上，抑制自己不能流下眼淚，卻導致鼻子越來越酸澀。

他躲起來了，躲在我找不到的地方。

是真的想要跟我分開嗎？

我拿出手機，找出了阿丁的電話，結果撥過去沒有人接聽。這更讓我確定，阿丁一定知道顧亨淨在哪裡，搞不好，顧亨淨還會交代他不要跟我聯絡。

「……亨淨。」我喃喃叫著他的名字，看著手機桌布上我跟他的合照，最後閉上眼睛，把手機抱在胸前。

「這些我來就好了。」葉之琳看到我拿重物，於是走過來幫我：「妳今天結帳就好了，腦震盪我以前也有過，那要休息一陣子呢。」

「謝謝。」我微微一笑。

回到這裡，我暫時讓生活恢復正軌，每天上班、上課。表面上如此，但實際上，每到晚上我都會在床上想著他，想他吃了沒，在做什麼，有沒有安全。有空的時候，也會試著尋找他的下落。

阿丁在學校完全遇不到他，我甚至還故意在他上課的樓層等他，後來從他同學口中而知阿丁最近都沒有來上課。

阿丁都沒來上課，顧亨淨也是。這兩個人像是沒有在我生命中出現一樣，消失了。

看著紅燈切換綠燈時，我原本要抬起腳步走到對街，突然發現後面有人跟著我。

我趕緊轉頭，發現後面沒有半個人。

其實最近我走在街上都有這種感覺，可是不知道為什麼，我不覺得是有壞人想要跟蹤我。那個人反而像是在後面守護我一樣。

會是亨淨嗎？

我趕緊回頭跑回去找看看是不是他。結果都沒有任何收穫。

我仰頭看著天空，最後吐了一口氣。

「是不是我太想他的關係呢……」我喃喃的說。

「終於下班了。」葉之琳伸了懶腰。

我聞言微微一笑，繼續用抹布擦拭著桌子。

然而店長一直站在後面，似乎欲言又止。

葉之琳似乎也發現了，當她轉過頭去，剛好她跟店長對到眼。

「妳姐要結婚了對吧。」店長微微一笑：「我收到喜帖了。」

葉之琳愣了一下，說：「我不知道她會……」

「沒關係。反正，當初分手，眼看機會流失的人也是我。」他微笑著說：「我也已經放下她了。至於婚禮，我不會去，但是我會包個大紅包給她。」

我看著葉之琳跟店長的對話，在我心中有個反思。

明明有機會，卻眼睜睜的看著機會流失，到最後，是不是會回頭後悔自己當初怎麼不勇敢一點？

如果我再沒有找到顧亨淨，我是不是也讓機會慢慢的流失呢？

我們三個就從店裡一起走出來，正當我要拿起安全帽時，我突然看到有一個背影很像顧亨淨的人在馬路旁。

我此刻丟下安全帽，全心全意往那個人的方向奔去。

這時已經紅燈了，那個人也走到對街，我想也沒想的，不管號誌想要直接衝過去，這時葉之琳跟店長把我拉回人行道上。

「紀孟羽？妳在幹嘛？紅燈欸，妳衝過去一定會被撞的啊！」葉之琳訝異的看著我。

「我沒有時間了，我要去找他，他就在對面。」我喃喃的說。

「孟羽！」店長搭著我的肩膀，定定的看著我。

「孟羽，妳說的那個他，是顧亨淨嗎？」葉之琳小心翼翼的問我。

我閉上眼睛，點了點頭。

「妳跟他怎麼了？」店長皺眉問。

「沒事啊，我們沒事。」我緩緩站起身，這時頭卻突然暈眩起來，葉之琳趕緊扶著我。

「還說沒事！」葉之琳說：「紀孟羽，妳自從請假回來之後，就真的怪怪的。」

「他不見了。」我喃喃的說：「我一直都找不到他，我怕我再找不到他，我會……」說完，我還看著眼前的店長。

店長頓了一下，之後說：「怕跟我一樣是嗎？」

我低下頭沉默不語，這時氣氛凝結了起來。

我們三個坐在便利商店裡，店長拿了三杯奶茶過來，放在桌上。「請妳們。」

「我等等付你錢。」葉之琳說完還真的掏出腰包。

「不用了。」店長說。

「我就要。」葉之琳把錢遞給店長，然而兩個人在那邊推託著。

但可能動作太大，葉之琳就不小心握住了店長的手。

我沒有瞥見葉之琳剛剛一閃而逝的眼神，對於店長。

「就說錢給你你還一直推託。」葉之琳翻了白眼，我見狀忍不住莞爾。

其實從之前開始，葉之琳對店長的態度也逐漸改變。

但是不知道店長對於葉之琳的心意如何。

不過店長則是有點不好意思的微笑著。

「紀孟羽，妳笑了啊。心情有好點了嗎？」葉之琳托著腮看著我。

我微笑點頭，之後說：「有，謝謝你們。」

「相信妳跟顧亨淨會好的。」葉之琳看著我，說：「有什麼幫忙，儘管找我吧。我會幫妳的。」

對於葉之琳的話我感到心裡一陣窩心，我便笑了開來：「我也相信，我一定可以把顧亨淨給找回來。」

葉之琳表示明天有報告所以自己先回去了，我跟店長等紅綠燈的時候，開口：「店長，謝謝你，還有，很抱歉我稍早說的話，對你可能會有點敏感。」

「沒事的，就像我說的，我也已經放下了。」店長微笑著說。

「是嗎？」我好奇問道。

「不過我覺得之琳最近有點奇怪。」店長思索著說：「她最近動不動都會跟我搭話，態度也不像一開始那樣冷冰冰的。」

「店長覺得她是怎樣的女孩呀？」

店長頓了一下，之後搔了搔頭，說：「一開始，確實是因為她是雅琳的妹妹而特別有注意到她，不過後來我發現，雖然她跟雅琳是姊妹，不過個性上卻很不一樣。雅琳很完美，所以相對的會有距離感，反而是之琳，她給人的還比較親近。等等，妳怎麼突然問起這個？」

「既然你說你已經放下雅琳了，你應該還會相信愛情吧？」

「隨緣嘍。」店長微微勾起唇角：「總結來說，之琳是個好女孩，在妳請假的這段時間，我們兩個接觸的機會很多，所以我也能說出對於她的感覺。她是個很認真負責的女孩。」

「是啊。」我笑著說。原來在我不在的這段期間，葉之琳意外的對店長似乎有不同以往的情感了是吧？

「孟羽，配合我，先不要動。」店長突然這樣說。

「嗯？」

店長在我耳邊小聲說：「妳稍微看一下右後方。」

聞言我照著店長的話往右後方的方向看去，我看到顧亨淨就躲在角落看著我們。

原來他真的一直都在！

我激動的往後看，結果他卻先早一步躲起來了。

「亨淨！」我原本要衝過去，店長卻拉住我。

「妳追過去他一定跑走了。」店長說：「這下妳知道了嗎？他一直都在角落保護妳。」

我不禁淚如雨下，原來這陣子真的不是我的錯覺，顧亨淨是真的一直都在我身邊。

「你什麼時候發現的？」我吸了吸鼻子。

「在超商裡的時候我就看到了，」店長微微一笑，說：「雖然不知道你們發生了什麼事情，至少妳知道，他還是愛著妳的，對吧？」

我抿唇點頭。心中的情緒都是滿滿的感動及澎湃。

所以從那天開始，我對於尋找顧亨淨就更加主動了。

雖然現在唯一確定的是顧亨淨確實不住在這附近。

但是上天似乎有聽到我的聲音，過了好幾天，我終於遇到阿丁了！

原本要進去超商的我正好撞見阿丁走出來，我心一急喊了他，結果他看到我卻先逃跑。

我見狀也趕緊追在他後面跑，他回頭看我竟然追著他，他卻更慌張了！

「唉唷！」也因為跑太快，我不小心絆到東西摔倒了。

阿丁聽到我的叫聲，也停下了腳步，他猶豫了一下，最後終於走到我身邊，把我扶了起來。

「亨淨呢？」我緊緊抓著他的手。

「妳別這樣，亨淨交代我不能說，請妳體諒我。」阿丁為難的說。

「拜託你告訴我好嗎？」我哭到差點跪下，我不停的請求著：「我已經不能再忍受他不在我身邊的日子了，我真的很愛他，我不能沒有他……」

阿丁看到我這樣，他於心不忍，說：「妳先起來。」

「不要，除非你告訴我他在哪。」

阿丁在原地苦惱著，最後用力跺了一下地板，說：「其實我也想告訴妳啊。看到你們這樣，我心情也很煎熬啊！」

我趕緊站起來，說：「只要你告訴我，我一定會好好報答你！拜託！」

最後阿丁傳給我顧亨淨現在的住所，據說，那是海哥另外幫他找的租屋處，坐公車過去要半個小時。

不管這些了，只要能見到他，要我花一小時我都願意。

攔下公車時，我對阿丁說：「真的很謝謝你。」

阿丁搖頭，說：「我可是冒著被亨淨修理的危險告訴妳的。」

「我會幫你多說些好話的。」我笑著說。

「快去吧。」

坐上公車之後，我激動到久久無法平復。

好希望，可以看到他啊……

到時候，我絕對不會再讓他離開我了。

此刻天空卻飄下雨來，我走下公車，趕緊用包包為自己擋雨，畢竟我身上都沒有雨具。

我走到騎樓，看著阿丁傳給我的地址，發現離這裡不遠。

照著導航走，也不用五分鐘就到了。

「就是這裡了，對吧？」我喃喃的說，之後阿丁卻突然打了電話過來。

「怎麼了？」我問。

「妳到了嗎？」

「嗯，到了，原本要敲門的。」

「幸好妳還沒敲，我要告訴妳，我去找他的時候都會敲五下的門，等等妳也這樣做，這樣他才會開門。」

「原來如此，這是你們的暗號嗎？」我失笑著。

「加油。」阿丁說完便掛了電話。

看著門板，顧亨淨，就在門的另一邊。

此刻的我們，就像是被這個門板一樣，隔了開來。

我毫不猶豫的在那個門板上敲了五次。

過了沒多久，我聽到屋子裡面的動靜，之後便是轉開門把的聲音。

門一打開，應門的人，頓時睜大眼睛看著我。

他就是我朝思暮想的人，顧亨淨。

「你為什麼要躲我？要不是阿丁，我根本就不知道你躲到哪了！」我難過的說。

「回去。」顧亨淨打算把門關上，我趕緊上前用力抱緊他。

「我叫妳回去！不要再來找我了！」他怒吼。同時雷聲一響，雨也越下越烈，我跟顧亨淨沒多久全身也濕透了。

「憑什麼？！」我也吼著：「你不是說，你最愛我了？你不是說你不會放棄我們的感情？」

顧亨淨的手微微發顫。

「……跟我在一起，我只會拖累妳而已。妳還是，離我遠一點吧。不，我們不要有交集了。掰掰。」顧亨淨打算推開我之前，我佯裝要昏倒的樣子，結果這招有用，他立馬扶住我。

「你看，你還不是很在乎我？」我說。

顧亨淨愣在原地，我再度抱緊了他，哭著說：「我都知道！你說分手不是真心的！你也沒有真的離開我，你都在我身邊默默的守護我對吧？」

顧亨淨聞言，便緩緩抬起手回抱了我，像是怕我消失，越抱越緊似。

「會冷嗎？」進屋之後，我坐在顧亨淨床上，他走過來摸了摸我的額頭，心疼的說：「剛剛一路淋雨過來找我，妳身子還沒恢復，不要著涼了。晚點我再送妳回去。」

我搖頭，說：「我想跟你在一起。我不想要離開你了。有什麼事情，不是說好要一起面對嗎？這次就算了，要是下次你再這樣，我絕對不會原諒你。」

他嘆息了一聲，說：「其實我也不是真心想要跟妳分手的。」

看著他這模樣，我於心不忍，之後用略帶撒嬌的語氣說：「我想抱抱你。」

他深深地看著我，接著坐在我身邊，雙手抱緊了我。隱約之間，我聽到他那零碎的啜泣聲。每一聲，都打進我心裡，很疼。

隨後，我在他嘴唇下烙下一吻、再一吻。隨後我們倆便直接往床上躺去。

他便開始親吻我的脖子，接著再往下，但當他停在鎖骨時，他像是恢復了理智，支支吾吾說：「那個……我……」

我認為這是遲早的。於是我雙手環住他的後頸，說：「沒關係。」

我們成年了，當然沒關係。

顧亨淨喉結滾動了一下，他顫顫說：「妳現在反悔還來的及。」

「不會。」只要是他，我不會後悔。

雖然有點緊張，但我也還是順著他的意，甚至很喜歡他觸摸我的感覺。內心的熱情也因為他而逐漸釋放。

過程中一開始有些疼痛，也感受到越來越裡面，我一直堜繞在他後頸的手，自己此刻彷彿被填滿了。

他用了力，我感受到劇烈的痛楚，忍不住咬了下唇，但是同時也帶了完全享受的感覺。

「疼嗎？」他見狀問道，也心疼的摸了摸我的頭髮。

我咬牙搖頭，他見狀便吻上我的唇，也適度的在控制力道。

如此小心翼翼的他在這種事情上做的這麼溫柔。默契也似乎越來越好，越來越能跟上他的速度。

「亨淨。」嘴唇離開之後，我叫住了他。

「不舒服嗎？」他輕聲的問。

我依舊搖頭，眼光泛淚的說：「我愛你。」

說完，他便躺在我旁邊，然後抱住了我。

他低喘著聲音在我耳邊響起，他壓抑著情緒說：「其實這幾天沒有妳在的日子，我真的不知道我是怎麼過來的。」

我摸了他的臉頰，也因為他這樣而心疼：「你臉色其實有點差欸，一定都沒有睡好吧？」

他握緊了我的手，之後把我攬在他懷中，之後我便累的便沉沉睡去了。

再度眼睛睜開，我看了看睡在身旁的人一眼，也看向窗戶，已經早上了。

我跟他就在這間房間共處一夜。

我穿上衣服下了床，走到廚房看有沒有什麼食物可以當早餐。

昨晚雨下的如此的大，今天卻出了大太陽。

我發現一旁有一條吐司，接著在冰箱也有看到一罐牛奶。在我倒著牛奶時，顧亨淨不知道什麼時候醒來，他從後面抱住我，在我耳邊說：「這麼早就起來啦。」

「現在已經早上八點多了呢。」我說。

眼前的他穿著襯衫跟長褲，他見狀說：「等等要跟妳一起回去。」

同時我也看到他的鎖骨，裡頭的紅印讓我感到有點難為情，穿襯衫為什麼鈕扣都不扣好，故意的嗎？

我幫他理好領子之後，接著害躁的轉過身，繼續弄著牛奶跟吐司，而他也依舊環抱著我。

打了通電話告訴媽媽我明天會跟顧亨淨回紀家，媽媽猶豫了一下說了聲好。

於是隔天我們依約回到紀家，順便讓爸媽知道我的決定，我跟顧亨淨牽著手，站在紀家的門口。

原本要按下門鈴的我，門卻打開了。

「我有看到妳過來了。」媽媽微微一笑：「你們兩個進來吧。在等你們呢。」

顧亨淨看似有一點緊張，我也在這時更加握緊他的手。

爸爸坐在客廳，哥哥跟姐姐也是。

「妹妹！」姐姐看到我便開心的抱著我。

「我回來了，姐姐。」我笑著說。

「回來就好，身體有好一點了嗎？」爸爸問。

「嗯。」我點頭，「這陣子，都是亨淨在照顧我。」

爸爸聞言，說：「看來，你們感情還是很堅定。」

顧亨淨說：「因為我找到人生中最大的目標及動力。」他說完便牽上我的手，說：「她就是我的女朋友紀孟羽。我願意為了孟羽，活出自己的人生。」

「爸、媽。這下，你們應該可以放心了吧！」我說。

爸爸跟媽媽原本還在思考，這時哥哥開口了：「爸，媽。其實你們心中早就認可他們了吧。」

聞言大家都訝異的看著哥哥。

「能夠勇敢的為了感情付出及放棄，就是為了要珍惜。能做到這點的人很難，因為我就是不敢放棄也不知道如何珍惜的人。」哥哥說。

「我對於妹妹的男朋友可是很滿意的喔！」姐姐一旁笑著說。

我愣愣的看著這兩位兄姊，我沒有想到，在這個時候，哥哥會跳出來幫我說話。

「就當作是我之前把妳的生日氣氛弄的不愉快的補償吧。」哥哥之後微微笑著說。

媽媽說：「這件事情我也跟爸爸討論了一陣子，不過，現在看來，我們好像也沒有必要操這份心了，我相信亨淨你會負起責任的，對吧？」

「孩子開心就好，我們做父母的，只能幫忙看這個對象好不好，看來，孟哲跟孟慈很滿意。」爸爸接下去說：「你們年輕人知道自己在做什麼就好。」

我訝異的看著爸爸跟媽媽，哥哥在一旁說：「還不明顯嗎？爸媽同意你們繼續在一起了！」

聞言我開心的抱住爸爸跟媽媽，開心之餘還帶點哽咽的說：「謝謝爸媽！」

中午的時候媽媽硬要我跟顧亨淨留下來一起吃飯，然而爸爸跟媽媽都會跟顧亨淨聊天，有時候媽媽還會為他夾菜。彷彿已經視他為紀家的一份子。

回想起從前到現在的點點滴滴，此刻我很感謝我當初的不勇敢，以及到現在能夠勇敢的掌握一切。

青春時的我傷痕累累，不過縱使青春有多痛，總有一天，也是會有撫平的一天。

「顧亨淨，你還會愛上其他女生嗎？」我問現在牽著我的手不放的顧亨淨。

「會啊。」結果他卻這樣回答。

「什麼？！」我作勢要捏他手臂時，他又說了：「而且那個女生還會叫妳媽媽喔。」

聞言我臉頰熱了起來，之後搥了他的胸膛，「我又沒有說要嫁給你。」

「是嗎？」他越靠越近，在我要轉頭叫他不要靠近的時候，他卻深情的吻上我的唇。

我閉上眼睛，心中卻是滿滿的幸福。

這時手機突然響了起來，我看了一下來電，是葉之琳打來的。

顧亨淨先放開了我，意示我先接起電話。

「孟羽，明天我不會去上班喲，請假。」葉之琳率先開口。

「妳有跟店長說嗎？」

「我也要告訴妳，明天店裡公休。」葉之琳又說：「我跟店長約好要出門啦！」

聞言，我笑了開來。

「加油。」我笑著說。

「妳也是！愛情，本來就沒有對錯的對吧！」

「對。愛情能使妳變得更勇敢，以及堅強。」我肯定的回答。

希望這一次，店長真的可以再次遇到他能夠真心付出的女生。

通完電話，我再度勾起顧亨淨的手，笑著說：「走吧！」

「妳想好婚紗要去哪裡拍嗎？」結果他卻繼續這個話題。

「講這個太早了啦！」

「我打算大學畢業就要把妳娶回家了耶。」

「顧亨淨！」

全文完

後記

大家好！我是蒔～很開心這本書能夠以實體書的形式出版，時隔兩年，非常感謝秀威資訊的協助。

這本書呢，我敘述了一個女孩的成長過程，從高中到大學，藉由她的青春年華，描繪出她所經歷的徬徨、失去，以及所對應到的結果。

我們人生中，一定都會失去過什麼，相對的也會有所獲得。

故事中的孟羽、賀意、春旭還有亨淨，這四個人的青春成長故事，坦白說都不是很順遂。這本是以孟羽的視角來描述的，在不斷失去的路上，她漸漸變得獨立，但是少了一開始的勇敢，直到遇見亨淨。有時候，青春難免會有傷痛，幸好時間終究會撫平一切，隨著人事物的改變，會使一個人變得堅強或是更加懦弱，都在當事人的一念之間。

另一個我想說的是生命中的過客如此多，有少部分的人會在我們的心中留下一道深刻的痕跡，也因為他們的離開，讓我們因此獲得成長，連接了現在與未來，是非常寶貴的人生課程。

就像賀意與春旭離開了孟羽，其實也是幫孟羽上了一堂人生課程，即使未來不會再遇見，她也因此遇上了真正可以為她遮風擋雨的人，也就是亨淨。

賀意的不勇敢間接影響到孟羽，但壓垮她最後一絲勇氣去追求幸福的，無疑是姐姐的意外。這部分其實可以分很多細節來討論，我們多少都會躊躇不前，但有時候轉念一想，也許事情並不會像自己想像的如此糟糕或者複雜。

在最後的最後，孟羽為了自己下了一個很重要的決定，當年錯失賀意的她，當然不想再重蹈覆轍，最後她想為自己，也為亨淨勇敢一次，畢竟人生不能重來，如果她再錯過亨淨，她只會繼續在後悔裡輪迴，無法走出來。

青春時的迷惘，多年後再回頭看，其實是當初的躊躇不前與不勇敢所致。然而勇往直前，不被過去未來所拘束，則是我想賦予亨淨的形象。希望大家可以多為自己著想，再勇敢一點點，努力爭取想要的事物。

希望你們會喜歡這本書，我們下次再見了！（鞠躬）

要青春97　PG2815

要有光
FIAT LUX

屬於你的青春信箋

作　　者　蒔
責任編輯　石書豪
圖文排版　黃莉珊
封面設計　劉肇昇

出版策劃　要有光
發 行 人　宋政坤
法律顧問　毛國樑　律師
印製發行　秀威資訊科技股份有限公司
114台北市內湖區瑞光路76巷65號1樓
電話：+886-2-2796-3638　傳真：+886-2-2796-1377
http://www.showwe.com.tw
劃撥帳號　19563868　戶名：秀威資訊科技股份有限公司
讀者服務信箱：service@showwe.com.tw
展售門市　國家書店（松江門市）
104台北市中山區松江路209號1樓
電話：+886-2-2518-0207　傳真：+886-2-2518-0778
網路訂購　秀威網路書店：https://store.showwe.tw
國家網路書店：https://www.govbooks.com.tw
總 經 銷　聯合發行股份有限公司
231新北市新店區寶橋路235巷6弄6號4F
電話：+886-2-2917-8022　傳真：+886-2-2915-6275

出版日期　2022年8月　BOD一版
定　　價　360元

讀者回函卡

Printed in Taiwan

國家圖書館出版品預行編目

屬於你的青春信箋 / 蒔作. -- 一版. -- 臺北市 :
要有光, 2022.08
面 ; 公分. -- (要青春 ; 97)
BOD版
ISBN 978-626-7058-47-3(平裝)

863.57 111011320